세일즈 우먼의
기쁨과 슬픔

전순예 지음

송송책방

작가의 말

올해로 일흔아홉 살이 되었습니다. 젊어서는 나이 들면 무슨 재미로 살까 싶었는데, 살아보니 나이 먹으면서 좋은 일이 더 많이 생긴 것 같습니다. 환갑부터 글쓰기를 다시 시작해 일흔이 넘어 평생 간직해온 작가의 꿈을 이룰 수 있었습니다. 일흔네 살에 첫 책《강원도의 맛》을 냈습니다. 고향인 강원도 평창 산골에서 자연에서 얻은 재료로 해먹었던 음식과 사람들 이야기를 썼습니다. 일흔일곱엔 칠십 평생 만난 동물들에 얽힌 추억을 담아《내가 사랑한 동물들》을 출간했습니다.

《세일즈 우먼의 기쁨과 슬픔》은 먹고살기 위해 이것저것 사고파는 일을 했던 시절의 이야기입니다. 이전에 펴낸 책들이 옛날의 아름답고 사랑스러운 추억을 쓴 이야기였다면, 이번엔 좀 더 고생스럽고 때로는 괴롭기도 한 이야기입니다. 20대 후반부터 50대까지 세일즈 우먼으로 살았습니다. 시골에서 태어나 결혼 전에는 생산하는 일만 했습니다. 결혼 후에는 뭔가를 파는 일을 하고 살았습니다. 처음에는 파는 일이 서툴고 어려웠지만 하다 보니 곧 익숙해졌습니다. 팔다 보니 파는 일이 재미도 있고 소질도 있는 것 같았습니다.

문구점과 서점을 하며, 국민학교 운동회날 운동장에서 보자기를 펼쳐놓고 가게 삼아 장사를 하기도 하였습니다. 서울에 올라와서는 친정에서 부쳐오는 고추나 더덕 같은 농산물을 이웃에 팔기도 하고 길거리에서 오가는 사람들한테 팔기도 했습니다. '손님은 왕'이라는 말이 있지만, 길거리에서 보자기 하나를 펼쳐놓고 팔아도 오는 손님을 상대하기 때문에 당당한 가게 주인입니다. 파는 데는 "어서 오세요~" 하는 것과 "계세요?" 하고 찾아가는 건 엄청난 차이가 있는 걸 세일을 시작하고서야 알게 되었습니다.

세일즈 우먼으로 나서기까지는 많은 용기가 필요했습니다. 평탄한 삶을 원했지만 어느 날 사업이 기울어 어려움이 닥쳤습니다. 내가 할 수 있는 일이 무엇일까? 밤을 새우며 고민하다 세일을 하기로 마음먹었습니다. 별 재주도 없는 내가 밑천 안 들이고 할 수 있는 일은 그것뿐이었습니다.

세제 방문판매도 하고 빵을 팔기도 하였습니다. 처음에는 남의 집 벨을 누를 때 무슨 죄라도 짓는 것처럼 손이 벌벌 떨렸습니다. 외상값을 적으려면 손이 떨려 수첩에 볼펜이 다다닥 찍혀 쓰는 척하고 밖에 나와서 적었습니다.

아무런 연고도 없이 서울에서 세일을 하는 일은 정말 힘들고 어려웠습니다. 어딜 가나 남들은 다들 멀끔하고 재주도 좋고 잘하고 사는 것처럼 보였습니다. 나만 왜 이리도 못나고 아는 것이 없고 뭘 못하는지 항상 주눅 들었지만 용감한 척하며 살았습니다.

주방 기구를 팔던 시절, 대개 사람을 모아 요리 강습을 열어줄 집을 물색하는 '추라이'는 남자들이 하고 요리 강습은 여자들이 했습니다. 나는 혼자서 '추라이'도 하고 강습도 했습니다. 무슨 일이든 다 장단점은 있었습니다. 고객들의 주방까지 깊숙이 들어가 보니 나만 세상살이가 어려운 게 아니었습니다. 멀쩡히 잘 사는 것 같아 보여도 다들 나름대로 애환이 있었습니다.

그 시절 가장 많이 듣던 이야기는 시집살이였습니다. 결혼 전에는 맛있는 거 있으면 으레 자기가 먹고 놀러 다니고 마음대로 살았답니다. 시집을 와보니 며느리나 아내는 무엇이나 잘해야 하는 만능인인 줄 알고 부려 먹는다고 합니다. 돈이나 주고 부려 먹으면 말도 안 하지, 완전 돈 안 드는 노예를 고용한 것 같다고 합니다. 내가 이렇게 살려고 애써 공부하고 직장도 그만두고 결혼을 했는지 후회가 막심하답니다. 아이를 키우는 일이 얼마나 힘든지 모르는 사람들 같다고 합니다.

그러다 어느 날인가 한탄을 멈추고 세상으로 걸어 나오는 많은 주부를 볼 수 있었습니다. 자기 전공을 살려 일하기도 하고 새로운 분야에 도전해 헤쳐 나가며 살았습니다. 투자금도 없이 맨몸으로 세일을 하는 많은 사람을 만날 수 있었습니다.

주부들이 살림하면서 직장을 다닌다는 것은 1인 2역이 아니라 1인 3역, 4역도 해야 하는 일입니다. 세일이 힘들고 어려워도 세상살이를 같이하는 많은 주부가 있어 위로가 되었습니다. 돈도 벌고 아이들도 키우고 살림도 하느라 편히 잘 시간도 없고, 쉬는 날도 따로 없었지만, 바쁜 중에도 꿈을 잃지 않고 자기도 함께 성장을 했습니다. 주부들은 빛나는 자리는 아니라도 자기 자리에서 최선을 다했습니다.

나는 자식들을 대학에 못 보낼까봐 아무리 어려워도 일을 그만두지 못했습니다. 또 쉽게 그만두면 '우리 엄마도 뭘 한다고 하다 쉽게 포기하던데' 하며 자식들이 본을 볼까봐 그만두지 못하고 끝까지 버텼습니다. 내가 그랬던 것처럼 일하는 주부들은 자기 가정을 야무지게 꾸려갔습니다. 누가 뭐래도 그들은 책임감 있는 가장이었습니다.

세일을 하면서 야박스럽고 야속스런 사람을 만나면 내가 너무 초라하고 못난 것 같아 좌절할 때도 많았습니다. 그래도 격려와 도움을 아끼지 않은 많은 분이 있었기에 길가에 피는 민들레처럼 웃으며 다시 일어설 수 있었습니다.

인생은 용기 내어 도전하고 꿈을 잃지 않으면 분명 좋은 날이 온다고 말하고 싶습니다. 흔히 하는 말이라 여길 수도 있지만, 내가 직접 겪고 느낀 일이니 분명히 말할 수 있습니다. 힘들고 고생스러웠지만 지나와 돌아보면 힘껏 살아온 내가 장하고 자랑스럽습니다. 고통도 실패도 인생의 양분이 되었습니다. 일을 통해 기쁨과 보람도 느낄 수 있었습니다. 그렇게 하루하루 살아온 날들이 나의 소중한 인생이 되었습니다.

내세울 것 없는 이야기에 관심 가져주신 독자분들께 감사드립니다. 지면을 주신 〈한겨레21〉과 그림을 그려주신 구둘래 기자님, 감사합니다.

2023년 봄
전순예

차
례

작가의 말 • 6

1부

사고파는 일을
배웠던 시절,
평창
1973~1979

가게를 열고,
아침이 오는 게
무서웠다

사과 팔러 온
금순이를 보고
야무지게 장사하는
법을 연구하다

나는 스물아홉 살이 될 때까지 사고파는 일을 해본 적이 별로 없었습니다. 열심히 일만 하고 살았습니다. 내 기억으로 중학교 때 학용품 살 돈을 달라고 하니 어머니가 쌀을 한 말 퍼주면서 이고 가 팔아서 쓰라고 했습니다. 이걸 어떻게 팔아야 하나 엄청 근심하면서 장을 향해갔습니다.

　가는 길에 계장리에 사는 모곡장사(곡식을 사고파는 사람) 아저씨를 만났습니다. "야야, 교복하고 안 어울린다"라면서 거의 쌀 두어 말 값을 주시며 어서 가서 공부 열심히 하라고 하셨습니다. 스물일곱에 시집가서는 강아지 두 마리를 팔아본 것이 전부였습니다.

스물아홉에 돌 지난 아들과 남편과 둘째를 임신한 몸으로 친정이 있는 강원도 평창으로 왔습니다. 남편은 공무원 해서는 돈을 벌 수 없다며 사업을 하겠다고 나섰습니다. 조금 모은 돈으로 '학생사'라는 서점 겸 문구점을 8월 15일에 열었습니다. 주위에는 온갖 물건을 다 파는 만물상 같은 큰 가게가 여러 개 있었습니다. 남편도 사고파는 일에 익숙하지는 못했습니다.

별로 크지도 않은 가게에 채울 물건이 부족해 선반 위쪽으로는 물건을 진열하고 아래쪽은 빈 상자로 채웠습니다. 가게를 열고 한 달은 아침이 오는 게 무서웠습니다. 가게 문을 활짝 열어놓지 않고 하늘색 커튼을 내려놓고 살았습니다. 어쩌다 사람들이 커튼을 젖히고 들어와 물건을 팔라고 하면 주는 대로 값을 받고 팔았습니다. 가게에는 오가는 사람이 별로 없어 그저 난감하기만 했습니다. 가족이나 아는 사람한테 물건을 팔기도 멋쩍었습니다. 물건 사는 것도 자신이 없어서 장날 어머니가 오시면 사다달라고 해서 썼습니다. 임신 중이라 먹고 싶은 건 왜 그리도 많은지.

날로 갑갑함이 더해가던 어느 날입니다. 옆집 할머니가 "언나(어린아이) 어멈, 우리 집에 사과 장수가 왔으니 사과 사러

와” 하십니다. 사과 장수는 아직은 이른 때라 사과밭에서 솎아 낸 맛도 안 든 파란 사과를 가지고 왔습니다. 워낙 사과가 귀한 지방이라 사과는 금세 동났습니다. 사과 판 돈으로 집에 돌아갈 때는 자기 마을에서 귀한 무나 배추를 사간다고 합니다.

그 사과 장수는 국민학교 5학년 조회 시간에 교단 뒤로 꽃 가마 타고 시집갔던 금순이었습니다. 금순이 아버지는 중매쟁이 말만 듣고 어린 금순이를 시집보냈습니다. 충청도에서 과수원을 하는 부잣집 아들이라고 했습니다. 시집가서 보니 부잣집 아들이라던 신랑은 과수원집 일꾼이었답니다. 남들은 다 잘사는데 자기들처럼 비천한 사람은 세상에 둘도 없더랍니다. 다행인 것은 신랑은 없는 게 흠이지 근면 성실한 좋은 사람이었습니다. 금순이와 신랑은 집을 마련할 때까지 아이도 낳지 말고 돈을 벌자고 약속했답니다. 금순이와 신랑은 과수원 일이며 미장일도 하고 남의 집 설거지도 하면서 악착같이 돈을 벌어서 이제는 집도 사고 땅도 샀답니다.

금순이는 이번 장사를 마지막으로 돌아가면 아이를 가질 거라고 했습니다. 어떻게 그 어린 나이에 그렇게 살 수 있었는지, 금순이처럼 똑똑한 사람은 없는 것 같습니다. 금순이가 위대해 보였습니다. 아무런 기반도 없이 아이만 덜컥 낳은 내가 너무나도 바보 같았습니다. 그 와중에 새파란 사과는 왜 그리 맛있는지 밤새 사과 50개를 다 먹으며 어떻게 살아야 할지 고민했습니다.

어버버하며 한 달쯤 지나니 주위 가게들의 파는 시세도 알고 파는 일에도 자신이 생겼습니다. 주위 가게들은 잡화점인데 우리 집은 학생을 상대하는 전문점이다 보니, 주변 학교 근방 작은 가게들이 도매로 달라고 찾아왔습니다. 가게 양쪽으로 대문이 있는 집이었는데, 도매로 달라는 손님이 주문한 물건이 없을 때는 남편이 저기 창고에서 무슨 물건 몇 개를 가져오라 합니다. 그러면 나는 뒷문으로 돌아 다른 가게에 가서 사다주었습니다. 그렇게 손님을 모았습니다.

가을 운동회가 가까워오자 평창 장돌뱅이 아줌마들이 장난감을 도매로 달라고 모여들었습니다. 자기들끼리는 '똘마니 부대'라고 불렀습니다. 이때다 싶었습니다. 나도 똘마니 아줌마들 틈에 끼기로 마음먹었습니다. 친정어머니한테 돈을 좀 빌려달라고 했습니다. 뭐 하는데 돈이 필요하냐고 묻는데, 쓸 데가 있으니 한 달만 쓰고 이자 쳐서 갚을 테니 빌려달라고 했습니다. 친정어머니한테 빌린 돈으로 남편은 충북 제천에 가서 장난감을 해왔습니다.

경로당은 우리 집 앞을 지나가야 있는데, 선배 언니 아버지는 우리 집을 늘 들여다보시며 잘되냐고 안부를 물으셨습니다.

마침 선배 언니네 오빠가 교육청 과장으로 계셨습니다. 선배 언니네 아버지한테 각 학교 운동회 날을 알아다달라고 부탁했습니다.

자신 있는 건 아니지만 몇 날 며칠을 밤새워 울면서 연구하고 잘할 수 있을 거라고 다짐했습니다. 계촌학교 운동회가 그해 첫 번째 날이었습니다. 어둠이 가시지 않은 새벽, 아직 자고 있는 아들을 남편한테 맡겨놓고 이웃 몰래 떠납니다. 새벽 4시에 똘마니 아줌마들과 버스부(터미널)에 모여 4시 30분에 출발하는 차에 각자의 짐을 싣고 계촌으로 향했습니다. '전순예, 울어서는 안 돼. 이것은 잘살 수 있는 기반을 닦는 거니 용감하고 씩씩하게 잘해내야 해.' 먼 산을 바라보며 눈을 껌벅거리고 갔습니다.

장사꾼들이 많이 모이기 전에 도착했습니다. 나름대로 사람들이 많이 모이겠다 싶은 곳에 한 평 되는 천막 쪼가리 하나 깔고 장난감 가게를 차렸습니다. 옆에는 10개들이 껌 두 상자와 과자 한 보따리도 곁들였습니다.

파란 하늘 아래 유쾌한 운동회가 시작됐습니다. 동네 사람은 남녀노소에 개들까지 다 모였습니다. 나는 잘 불 줄도 모르는 멜로디언을 불었습니다. '학교 종이 땡땡땡 어서 모이자. 송아지 송아지 얼룩송아지 엄마소도 얼룩소 엄마 닮았네. 나의 살던 고향은 꽃피는 산골~.' 종일 입술이 부르트도록 삑삑거리며 사람을 불러 모았습니다. 어린 손주의 손을 잡고 오셨던 할머니, 할아버지가 아낌없이 주머니를 털어 장난감을 사주었습니다. 온 동네 사람들 다 모여 같이 술 한잔하고 돼지국밥도 먹고 어른 아이 할 것 없이 기분 좋은 날입니다.

　　장난감은 몇 개 안 남고 다 팔렸습니다. 가게에서 거의 한 달 판 것만큼 돈이 모였습니다. 장사하러 갈 때는 보따리 장사를 하는 게 왠지 부끄러워서 아무한테도 말 안 했는데, 돌아올 때는 개선장군 같다는 생각이 들었습니다. 사람이 많아 터질 듯한 버스 속에서 멀미는 왜 그리 나는지 정말로 죽을 뻔한 고생을 하며 돌아왔습니다.

　　집에 와보니 나보다 한 살 많은, 이웃에 사는 큰올케가 아들을 데리고 가서 먹이고 빨래까지 다 해서 저녁에 데려다줬습니다. 걱정을 많이 한 남편은 어떻게 다 팔았냐고 물었습니다.

　　"내가 누구여, 김영희(파는 데 선수였던 나의 친정어머니) 씨 딸이잖아" 하며 으쓱거렸습니다.

멜로디언을
치는
피아니스트

기다리던 부자 동네
방림의 국민학교
운동회 날

내가 운동회 마당에서 보따리 장사를 다닌다는 소문이 친정아
버지 귀에 들어갔습니다. 아버지는 사람이 살아가는 데 도둑질
빼고는 다 해도 괜찮다고 하셨습니다. 그런데 다른 학교는 다
가도 친정집이 있는 다수국민학교 운동회 날은 오지 말라고 하
셨습니다.

　운동회마다 늘 많이 파는 것은 아니었습니다. 산골 학교에
선 얼마 팔지 못했습니다. 방림은 부자 동네여서 다들 방림국민
학교 운동회를 기다립니다. 큰올케 친정이 방림입니다. 사돈어

른은 방림 유지입니다. 큰올케가 막내딸이고 사돈어른이 연세가 많으셔서 '사돈 할아버지, 사돈 할머니'라고 불렀습니다. 꿈에 사돈 할아버지가 나오셔서 사돈 애기는 방림학교 운동회에는 오지 말라고 하셨습니다. 꿈은 반대라 하지만 방림학교 운동회가 가까워오자 걱정이 됩니다. 그래도 이미 운동회에 재미를 붙인 나는 포기할 수 없었습니다.

좀 비싼 물건은 아줌마들이 잘 안 가져갑니다. 새로 들어온 로켓과 비싼 물건을 여느 때보다 세 배 넘게 챙겼습니다. 남편은 욕심이 과하다고 짐 지고 다닐 일 있냐고 했습니다. 방림은 집에서 가까운데도 첫차로 가서 나무 그늘 좋은 곳을 골라 자리 잡았습니다. 물건이 늘어나니 이날은 더 바빴습니다. 멜로디언을 불다가 간간이 로켓에 태엽을 감아 쏘아 올립니다. 장난감 로켓은 상당히 높이 날아올랐습니다. 로켓이 날아가 떨어지면 사람들이 주워 들고 와서 사갔습니다.

한창 신나게 파는데 사돈 할아버지가 친구분들을 데리고 오셨습니다. 우리 사돈 애기라고 소개하며 남들이 잘 사지 않는 비싼 로봇이며 여러 장난감을 많이 사가셨습니다. 좀 있다 보니 사돈할머니가 친구분들과 오셔서 우리 사돈댁이라고 말하며 장난감을 또 사가셨습니다. 올케의 올케언니도 오셔서 우리 애기씨 큰시누이라고 장난감을 사갔습니다. 사돈댁에선 사돈의 팔촌까지 찾아와 물건을 팔아줬습니다.

점심은 옆에서 송편 파는 아줌마에게 홍옥 사과 몇 개를 드렸더니 송편을 한 대접 줘서 먹었습니다. 똘마니 아줌마들도 다 집에서 양은 도시락에 밥과 김치를 싸갖고 와서 먹습니다. 그까짓 물건 서너 알갱이 팔아서 밥 사먹고 하면 뭔 돈이 남나 하면서 절대 사먹는 사람은 없습니다. 점심시간에도 자기 자리를 비우는 일 없이 정신 차리고 물건을 팝니다. 춘삼이댁만은 언제나 점심을 사먹습니다. 사람이 다 먹고 살려고 하는 일이지 하며, 배를 팔다 버려두고 가서 국밥도 먹고 술도 한잔하고 옵니다. 종일 앉아 배도 깎아 먹습니다.

사람 욕심이란 물건이 잘 팔리니 하나도 남기고 싶지 않아 더 열심히 팔았습니다. 오후가 되니 피곤이 몰려와 몸과 마음이 따로따로 놉니다. 그러잖아도 서툰 멜로디언 연주가 더 형편없이 삑삑 소리가 납니다. 누가 "아줌마, 그 좋은 악기로 그렇게뿐이 못 불어요? 온 동네가 다 시끄럽네" 합니다. 중학생쯤 돼 보이는 남자아이였습니다. "그렇게 잘 불면 네가 불어봐라" 하니, 아이는 멜로디언을 낚아채듯 뺏어가 불기 시작합니다. '머나먼 저곳 스와니 강물 그리워라~ 이 세상에 정처 없는 나그네의 길~ 아 그리워라 멀고 먼 옛 고향~.' 아이는 〈희망의 속삭임〉, 〈봄처녀〉, 〈아, 목동아〉 등 여러 곡을 연주했습니다. 그

중에서도 〈스와니강〉은 애처로울 만큼 여러 번 연주했습니다.

사람들은 아줌마 동생이냐 아들이냐고 물어봅니다. 아무도 이 아이를 아는 사람이 없었습니다. 사람이 많이 모여들었습니다. 짓궂은 청년들은 "이 아줌마 점원도 뒀네" 하며 놀립니다. 뜻밖의 지원군을 얻어 장난감은 불티나게 팔렸습니다.

한창 바쁜 시간에 어떤 아줌마가 씩씩거리며 날개에 금이 간 로켓을 들고 와서 소리칩니다. "아줌마, 이렇게 망가진 장난감을 팔면 어떻게 해요!" 오전에 멀쩡한 걸 팔았는데 몇 시간 갖고 놀다가 망가뜨리고 떼쓰러 온 것이 분명합니다. 경우 없는 아줌마와 싸울 시간에 물건을 파는 게 낫겠다 싶었습니다. 억울하지만 그러냐고 그냥 새것으로 바꿔줬습니다. 사람들이 '저 아줌마는 어디 가나 경우가 없다'고, '아이가 망가뜨린 것을 아줌마한테 덤터기를 씌운다'고 수군거립니다.

운동장에는 계주를 응원하는 함성을 끝으로, 자지러질 듯한 아이들 웃음소리도 들리지 않았습니다. 한 평짜리 내 운동장 가게에는 금이 간 로켓 하나와 60센티짜리 멜로디언이 남았습니다. 멜로디언 불던 아이는 한가해지니 주머니에서 종이 건반을 꺼내 입으로 노래하며 실제처럼 연주합니다. "소리도 안 나는 걸 왜 치나?" 하니, "아줌마 잘 들어보면 피아노 소리가 들려요" 합니다. 자기는 도시에서 피아노를 배웠는데 방림 산골짜기로 이사 온 지 6개월이 되었답니다. 음악가가 꿈인데 피아노가 없는 지금도 매일 종이 건반으로 연습한다고 합니다. 어떤 사연이 있는지는 모르지만 "그래, 꿈을 놓지 마라" 해주었습니다. 속으로 나도 꿈은 버리지 않고 산다고 했습니다.

아이는 실습용으로 쓰던 멜로디언을 자기가 가져가면 안 되겠냐고 물었습니다. 그러잖아도 아이에게 일한 값을 얼마나 줘야 할까 생각하고 있었습니다. 하나 남은 멜로디언을 아이에게 주었습니다. 연주할 때 진지한 모습은 간데없이 악기를 받아 들고 한참을 껑충껑충 뛰었습니다. 신나게 운동장을 뛰어다니다가 돌아서서 아이는 머리를 깊게 숙이고 다시 뛰어갔습니다. 아이의 뒷모습에 '애야, 꿈을 꼭 이루거라' 말없이 응원을 보냈습니다.

풍선값이
풍선처럼
불어나네

주진국민학교 운동회 날,
다른 사람이 없는 품목을
독점해 팔다

주진국민학교 운동회 날은 전교 여학생들이 풍선을 들고 무용을 한답니다. 운동회 2주 전부터 장날이면 어른들은 풍선을 사 날렸습니다. 학교 앞 문구점에서도 풍선을 샀습니다. 주진국민학교 운동회에 쓸 풍선은 미리미리 다 준비된 것 같습니다.

운동회 날 남편은 풍선을 있는 대로 다 가져가보라고 합니다. "미리 많이 사갔는데 뭐 하러 많이 가져가나" 하니 미리 사갔기 때문에 다 터지고 없을 거라고 했습니다. 남편이 풍선을 많이 챙겨줘서 마지못해 다른 장난감들과 같이 가지고 갔습니다.

어디 가나 멜로디언을 삑삑거립니다. 멜로디언만큼 사람을 불러 모으는 데 효과적인 것은 없었습니다. 가끔 로켓도 쏘아 올리며 열심히 물건을 팔았습니다. 점심때가 다 돼가는데 어린 아들이 앞에서 공을 차며 놀고 있었습니다. 옆을 보니 우리 시어머니가 물건 파는 나를 하염없이 바라보고 계셨습니다. 시어머니는 며느리가 운동장에서 장사한다고 하니 사과 한 접(100개)을 가지고 지원을 오셨습니다. 시댁 앞집 아주머니도 사과를 가지고 같이 왔습니다.

앞집 아주머니는 친척이 아닌데 친척보다 더 가까운 사이입니다. 앞집 아주머니는 젊어서부터 강원도 사북, 고한으로 다니며 고춧가루 장사를 해서 파는 데는 이골이 난 사람입니다. 내가 시집갔을 때 앞집 아주머니는 '새댁, 이거 좀 먹어보라'고 수시로 먹을거리를 갖다줬습니다. 아들을 낳자 거의 아침마다 와서 시어머니와 같이 아기 목욕을 시켜주었습니다.

아주머니가 반가워 인사하려는데 학생이 "아줌마, 풍선 없어요?" 합니다. 무용 시간이 가까워오자 풍선은 다 터지고 거의 남아 있지 않았습니다. 전날 풍선을 사서 총연습 시간에 부는 연습을 했습니다. 어제는 빵빵하던 풍선이 지금은 쭈글쭈글 바람이 빠졌습니다. 어린 동생들이 가지고 놀다 보니 빵빵 터지고 바람에 날아가기도 했습니다.

나는 재빨리 풍선 2개를 불어 머리에 묶었습니다. 물건 밑에 있던 풍선 한 판을 꺼내 잘 보이게 진열했습니다. 문구점 아저씨가 풍선 있으면 달라고 왔습니다. 물건 밑에 감춰놓고 나도 이것밖에 없다고 했습니다. 너도나도 모여들어 혹시 못 살까봐 묻지도 않고 풍선의 몇 배 값을 던져놓고 집어갔습니다. 누구도 거스름돈 달라는 사람이 없습니다. 장난감을 파는 사람이 여럿 있었지만 누구도 풍선은 팔지 않았습니다. 다들 학생들이 풍선을 준비했을 거라고 생각했습니다. 또 풍선은 단위가 작아 팔아봐야 별로 남는 게 없다고 신경 쓰지 않았던 겁니다. 점심시간 바로 다음이 풍선 무용이어서 풍선을 팔다 보니 점심시간이 다 지나갔습니다.

8월 초에 돌이 지난 아들은 생전 처음 보는 운동회에 푹 빠졌습니다. 너무 좋아서 뭘 먹지도 않고 쉬지도 않고 공을 찹니다. 공을 차기보다는 넘어지는 시간이 더 많습니다. 아들은 넘어지면 일어나 차고 넘어지면 또 일어나 공을 찹니다. 시어머니는 사과 팔 생각도 못하시고 손주를 따라다닙니다. 앞집 아주머니도 너무 늦게 와서 세 접이나 되는 사과를 다 팔지 못했습니다. 오후가 되자 시어머니와 앞집 아주머니는 돌아가야 한다고 남은 사과를 나보고 팔라고 주셨습니다.

낯가림이 심해 큰외숙모 외에는 잘 따르지 않던 아들이 오

랜만에 만난 할머니를 낯설어하지 않고 내게 손을 흔들며 미련
없이 따라갔습니다. 어른들께 점심 대접은커녕 인사도 제대로
못했는데 횡하니 떠나가셨습니다.

내 앞에는 시어머니와 앞집 아주머니가 준 사과만 수북이
쌓였습니다. "사과 사세요, 사과 싸게 팔아요." 그동안은 멜로
디언이 내 목소리를 대신했는데 나도 모르게 사과 사라는 소리
가 나왔습니다. 공짜로 생긴 사과라 다른 사람들보다 싸게 파니
잘 팔렸습니다.

운동회가 끝나고 똘마니 부대 아줌마들이 다 같이 나무 밑
에 모였습니다. 각자 팔다 남은 것을 내놓습니다. 삶은 밤도 있
고 술빵도 한 조각 있습니다. 고구마, 사과, 과자… 없는 것 없이
풍성합니다. 모처럼 남은 걸 나눠 먹으며 올가을 운동회는 날씨
가 좋아서 다행이었다고, 한 달 동안 열심히들 장사를 잘했다고
이야기합니다. 아직 평창국민학교 운동회가 남았지만 모두 평
창학교 운동회는 가지 않는다고 했습니다. 평창학교는 시내에
있어 큰 가게가 많아 자기네들처럼 작은 가게는 가봐야 쪽을
못 쓴다고 합니다.

어떤 아줌마는 술빵을 쪄서 팔았습니다. 어떤 아줌마는 도
토리묵에다 과자와 장난감도 팝니다. 어떤 아줌마는 고구마와
삶은 밤을 팔았습니다. 한 평도 안 되는 운동장 가게는 하나같

이 희한한 조합이었습니다. 큰 밑천 안 들이고 집에서 농사지은 것으로 만들어 판다고 합니다. 누구는 산에 가서 주워오고 따오고 한 걸 팔아서 돈을 벌었다고 했습니다.

모두 가을 햇볕에 그을려 이마가 반들반들 빛이 납니다. 손톱 밑에는 까맣게 때가 끼었습니다. 누구는 잊어버리고 양말을 못 신고 왔는데 발이 너무 시리다고 하니, 양말을 한쪽씩 나눠서 신자는 아줌마들도 있습니다. 한 달 동안 정들어 그런지 처음보다 훨씬 예뻐 보입니다. 하나같이 꼿꼿하고 야무진 아줌마들에게 상이라도 주고 싶다는 마음이 생깁니다.

춘삼이댁만은 끝까지 같이하지 못했습니다. 춘삼이댁은 남자처럼 덩치도 크고 시원시원한 성격이어서 똘마니 부대 보디가드 같았습니다. 소문으로는 춘삼이댁이 배를 팔았는데, 배를 너무 좋아해 1개 2개 깎아 먹다 보니 하루에 배 한 접을 다 먹었답니다. 밑천이 바닥나 못 나왔다고 합니다. 똘마니 아줌마들은 내년 운동회 때 다시 만나자 약속하고 헤어졌습니다.

집에 와보니 열심히 공을 차던 아들은 열이 펄펄 끓어 병원에 갔다 와서 이제 막 잠들었다고 합니다. '슛 골인 슛 골인' 잠꼬대를 하며 잡니다.

"아저씨,
내가 사과를 봐서
참아요"

사과 팔러 간
평창국민학교 운동회에서
싸움이 나다

생전 처음 시작한 장사가 운 좋게 첫날부터 잘돼서 용기 내어 한 달 동안 열심히 뛸 수 있었습니다. 집 안에만 있다가 세상 밖으로 나가는 일이 쉽지 않아서 고민도 많이 했는데 정말 운이 좋았습니다. 생각지 못했는데 여러 사람이 도와줘서 장사할 수 있었습니다.

부탁한 일도 없는데 큰올케가 어린 아들을 돌봐줬습니다. 내가 집을 비우는 날에는 아침 일찍 데리고 가서 저녁 늦게 데려다줬습니다. 아들은 외사촌 형들과 어울려 집에 올 생각도 안

하고 놉니다. 한 달 동안 아이가 많이 컸습니다. 큰오빠도 출퇴근길에 항상 들러서 돌봐줬습니다. 큰오빠나 큰올케는 한 번도 나에게 물어보지도 않고 말없이 도와줬습니다.

큰올케는 나보다 한 살 많은데 정말 어른스럽습니다. 아마 내가 평생 갚아도 못 갚을 사랑의 빚을 진 것 같습니다. 장날 어머니한테 빌린 돈을 갚으면서 이자도 계산해드렸습니다. 속으로 이자가 아까워서 벌벌 떨며 드렸는데 다행히 이자는 받지 않으셨습니다. 장난감이 재고로 많이 쌓일까봐 걱정했는데, 재고가 별로 남지 않았습니다. 똘마니 아줌마들한테 팔다 남으면 재고를 받아주기로 했는데 다들 악착같이 잘 팔아서 반품하는 사람도 없었습니다.

처음엔 충북 제천 도매상에서 물건을 가져왔습니다. 운동장 장사해서 번 돈으로 남편은 발을 넓혀 서울 가서 물건을 해왔습니다. 지방 도매상 물건보다 많이 싸고 종류도 더 다양했습니다. 문구류는 종류가 많아서 정리하기가 여간 까다로운 게 아닙니다. 아직도 물건 이름을 다 못 외웠습니다. 계산서와 일일이 대조하며 숫자가 맞는 것으로 골라 진열합니다. 사람들이 와서 찾는데 어떤 건지 모르는 물건이 많습니다. 물건 이름을 조사하느라 밤샘을 많이 해야만 했습니다. 영업하면서 진열하니 일이 더 진전 없어 사흘이나 걸려 정리할 수 있었습니다. 빈 상자 없이 물건을 알차게 꽉꽉 채우고도 남았습니다. 방구석까지 물건이 차지했습니다.

아이들을 상대하는 장사다 보니 별별 아이가 다 있습니다. 아이들은 크는 중에 한 번씩 도둑질을 하는 것 같습니다. 훔치러 오는 아이는 눈치가 다릅니다. 훔치다 들키면 물건을 순순히 내놓는 아이도 있고 아니라고 우기는 아이도 있습니다. 물건을 주머니에 집어넣는 걸 보고 가만두었다가 계산할 때 거기 주머니에 먼저 넣은 것까지 얼마라고 말합니다. 할 수 없이 같이 계산하는 아이도 있고 돈이 모자란다며 물건을 내놓는 아이도 있습니다. 자주 와서 슬쩍 집어가는 아이가 있었는데, 그 집 엄마가 우리 아이는 절대 양심이 발라서 어디 가서 도둑질 같은 것은 안 한다고 말하는 걸 여러 번 들었습니다. 그 엄마한테는 아이 손버릇이 나쁘다고 얘기하지 못했습니다.

어떤 여학생은 샤프를 눌러보고 써보고 사갔습니다. 다음 날 얼굴이 빨개 가지고 와서는 '아줌마, 이거 가지고 가서 보니 망가져 있었다'고 합니다. 많이 미웠지만 참았습니다. 다른 사람 같으면 안 바꿔주는데 너는 단골이니까 바꿔준다고 했습니다. 그 아이는 내가 평창을 떠날 때까지 친구들과 함께 찰떡같은 단골이 되었습니다.

평창국민학교 운동회 날입니다. 파란 사과를 팔고 가 소식이 없던 금순이가 느닷없이 사과를 부쳐왔습니다. 큰 상자로 4개나 됩니다. 과수원 일을 하면서 못난이 사과를 팔아보려고 모았는데 남편이 극구 말려서, 나한테 싸게 팔아도 되니 팔아보라고 보냈답니다. 못생겼어도 맛은 좋다고 했습니다. 보내려거든 미리 부치든가, 운동회 점심시간도 지났는데 물건이 왔습니다.

평창학교 운동회에는 안 가려 했지만, 사과를 팔러 갔습니다. 운동장에는 들어가지 못하고 학교 들어가는 길목에 자리를 깔고 수북이 사과를 쏟았습니다. 어떤 아줌마가 맛 좀 보자고 하더니 1개를 다 깎아 먹고 사지도 않고 그냥 갔습니다.

과일 장사 아저씨가 씩씩거리며 험상궂은 얼굴을 하고 와서 소리칩니다. "아줌마, 무슨 과일까지 팔아!" 반말을 지껄입니다. "평창 돈을 혼자서 다 벌려고 그래" 하며 시비를 겁니다. 평창에선 과일은 자기 혼자 팔라고 무슨 특허라도 낸 것 같습니다. 술을 한잔한 모양입니다. 큰 싸움이라도 난 줄 알고 사람이 많이 모여들었습니다. 속으로는 벌벌 떨면서 큰소리쳤습니다. "아저씨, 내가 싸워줘야 하는데 사과를 봐서 꾹꾹 참아요" 했습니다. 사람들이 와르르 웃었습니다. 그렇게 대단하던 아저씨는 슬금슬금 도망갔습니다.

사과는 아직 마수(맨 처음으로 물건을 파는 일)도 못했는데 걱정입니다. 어떤 아줌마가 10개만 산다고 하더니 싸게 파니까 한 보따리 사갔습니다. 주정뱅이 과일 장사 아저씨 덕분에 모인 사람들이 사과를 사갔습니다. 사람들 심리가 싸게 파니 더 싸게 사고 싶어 합니다. 전체를 파서 뒤집어 고르려고 합니다. 작은 상자에 30개씩, 50개씩 나눠 담았습니다. 낱개를 사는 것보다 상자로 사면 훨씬 싸게 팔았습니다. 한 상자 사서 나누는 사람들도 있습니다. 술 취한 아줌마 둘이 한 상자를 샀습니다. 서로 큰 것을 가져가겠다고 싸우며 나눕니다.

사과를 얼른 팔고 운동회 구경을 하고 싶습니다. 사과를 빨리 다 팔면 조카애들한테 맛있는 것도 사주고 계주를 뛸 때 응원도 해주고 싶습니다. 아무리 싸다고 해도 때깔이 좋지 않아서 다 팔리지 않았습니다. 가게 이웃집 아줌마들이 학교로 사과를 싸게 팔러 갔다는 소리를 듣고 찾아왔습니다. 물건이 싼 게 있으면 이웃부터 알려야지, 그만 팔고 집으로 가자고 했습니다. 이웃 사람들이 잼도 만들고 두고 먹는다고 사과를 나누어갔습니다. 잊어버리고 나 먹을 것도 없이 다 팔아버릴 뻔했습니다. 이웃 덕분에 내가 먹을 것도 남기고 잼도 만들 수 있었습니다.

올가을은 운동회 장사를 다니면서 운동회를 구경하지 못했습니다. 오늘은 이웃 덕분에 사과를 빨리 팔아서 아들 손을 잡고 운동회 구경을 갔습니다. 너무 늦었습니다. 큰조카의 계주

뛰기만 남았습니다. 조카애 둘은 만나자마자 "고모, 불량식품 사줘" 합니다. 불량식품이 뭐냐 하니 쫀디기랍니다. 무지 먹고 싶은데 엄마가 불량식품이라고 안 사준답니다. 그거 한 번 먹는다고 큰일 날 일도 아닌 것 같습니다. 쫀디기 맛이 괜찮습니다. 한 움큼씩 쥐고 둘러서서 신나게 빨아 먹다가, 빵을 사들고 오는 큰올케한테 들켜서 압수당했습니다.

　가을에 제일 맛있는 새콤달콤한 홍옥을 사먹으며 계주 뛰기를 구경했습니다. 큰조카애가 계주를 뛸 때는 먼지가 뽀얗게 나는데도 가까이 가서 사람들 틈에 끼어 마음껏 소리치며 응원했습니다.

빵까지
팔게 된
문구점

남편이 계약한
삼립빵 대리점,
생각보다 이익이
나지 않다

처음 가게를 차리고 난감하던 시절이었습니다. 사람들이 지나가며 이 집은 무엇을 해도 안 되는 집이라고 말했습니다. 무엇 하나 잘 안 되고 6개월이 환갑이라고 말했습니다. 멀리서 와서 외져서 잘 안 되는 곳을 모르고 가게를 차렸다고, 얼마 안 있으면 문 닫을 거라는 뉘앙스를 풍기는 말을 합니다. 생각나는 대로 불쑥불쑥 말합니다. 그런 소리를 들으면 하늘이 무너지는 것 같이 캄캄했습니다.

그런 날들을 생각하면 무엇이나 팔리기만 하면, 산다는 사람만 있으면 못할 일이 없습니다. 울면서 용기 내어 용감하게 가을 운동회에 장사를 나섰던 게 많은 행운을 가져온 것 같습니다. 가게도 잘되기 시작하더니 가속이 붙었습니다.

문구는 유행을 많이 탔습니다. 서울에서 도매상 직원들이 샘플을 가지고 지방으로 다니면서 주문받던 시절이었습니다. 서울에서 영업을 온 사람들은 학생들한테 물어봅니다. 이곳에서 학생들에게 가장 인기 있는 가게가 어디냐고 물으면 '학생사'라고 대답한답니다. 학생들 말을 듣고 찾아온 영업하는 사람들 덕분에 새롭게 생산되고 유행하는 물건을 갖추어 팔았습니다.

학생들이 지나다니며 '아줌마, 빵은 안 팔아요? 빵도 파세요' 합니다. 삼립빵이 맛있는데 평창은 왜 삼립빵을 안 파는지 모르겠답니다. 그때까지 평창엔 삼립빵 대리점이 없었습니다. 이웃에는 무슨 무슨 상회라고 이름 붙은 만물상이 여러 집 있었습니다. 식료품부터 철물, 문구까지 모든 걸 취급하는 가게들이었습니다. 남편은 우리가 문구 독점을 하려면 삼립빵 대리점을 하는 것도 좋겠다고 했습니다. 해보는 소리거니 했습니다. 하루는 어디 좀 갔다 오겠다고 했습니다. 남편은 배짱 좋게 삼립빵 대리점 계약을 했다고 빵을 잔뜩 가지고 왔습니다.

큰오빠는 걱정을 많이 하셨습니다. 빵은 유통기한이 있어

자칫 재고가 생기면 손해 볼 수 있다고 했습니다. 돈 많은 가게들이 작은 가게 하나 죽이기는 쉬운 일이라고 했습니다. 손해 보더라도 물건을 싸게 팔면 어떻게 하려느냐고 했습니다. 빵까지 팔기에는 가게가 너무 좁습니다. 학용품을 놓았던 유리 진열장을 비우고 빵을 진열했습니다. 저녁 늦게 나는 아들을 업고 빵을 이고 골목 구멍가게들에 배달하기도 했습니다.

이웃 만물상 중 가장 큰 상점은 평창상회입니다. 우리 집과 대각선으로 마주 보는 가까운 집입니다. 평창상회 회장님은 50대 후반 아저씨였습니다. 아직 젊은데도 아들 다섯 가운데 셋이 우리 큰오빠보다 나이가 많았습니다. 짱짱한 아들들과 함께 만물상을 운영합니다. 회장님과 동갑이라는 아주머니는 일을 많이 하시는데도 늘 한복을 입고 지냈습니다. 치렁치렁한 한복이 아니라 간편한 한복을 직접 만들어 입으셨습니다. 고운 색으로 누비 치마저고리도 만들어 입으셨는데 참으로 단아해 보였습니다. 사람들 이야기로는, 그 집이 아주머니가 복이 있게 생겨서 잘산다고 합니다.

내가 평창상회만큼 잘살려면 평생을 벌어도 안 될 것 같습니다. 평창상회 아주머니는 한국전쟁이 끝나고 지나가는 배고픈 사람들에게 밥을 많이 주었답니다. 하루는 컴컴한 저녁에 어떤 사람이 지게에다 가마니를 지고 와서 밥 좀 달라 했답니다.

그가 밥을 먹은 뒤 잘 먹었다고 수수백번(수백 번의 강조) 인사하더랍니다. 식사를 다 하고 짐을 맡기며 사흘 뒤에 찾으러 오겠다고 했답니다. 그는 사흘이 지나고 석 달이 지나고 삼 년이 지나도 오지 않았습니다. 짐을 풀어봤더니 돈이 가득 들어 있었답니다. 사람들은 그 집 아주머니가 배고픈 사람들을 잘 거두더니 도깨비가 돈을 한 가마니씩이나 져다 준 거라고도 했습니다. 누가 사실이냐고 물어봤는데 아주머니가 빙그레 웃으며 그런 건 물어보는 게 아니라고 하더랍니다. 나도 물어보고 싶었지만 차마 물어보지는 못했습니다.

빵까지 팔자 우리 가게에는 등하교 시간에 학생들이 몰려오기 시작했습니다. 만물상 사장님들은 자기 가게에 학생들이 뜸해지자 멀리서 우리 집을 주시하고 있었습니다. 심기가 아주 불편해 보였습니다. 텃세가 있어서 은근히 압력을 넣는 것이 느껴졌습니다. 고 씨라서 신문 만화를 본떠 고바우 영감이라 불리던 분은 노골적으로 찾아와 어디서 물건을 가져오기에 그렇게 싸게 파느냐고 시비를 걸기도 했습니다.

종이류는 구석에서 먼지가 쌓이다가도 임자를 만나면 먼지 털어 팔면 되었습니다. 빵은 유통기한이 있어 재고가 쌓일까 봐 늘 맘이 조마조마합니다. 아무리 애써도 다 못 팔 때가 있었습니다. 다 못 팔 것 같으면 미리 한 보따리 싸서 누구네에게 주기도 합니다. 그래도 미련이 남아 다 팔리겠거니 하다 보면 재고가 남았습니다. 유통기한이 지난 빵을 남에게 줄 수는 없어, 사흘을 빵만 먹은 적도 있었습니다. 앞으로는 남는데(매출은 잡히는데) 뒤로는 이익이 별로 나지 않았습니다.

평창상회 회장님은 삼립빵 대리점을 하려고 했답니다. 우리가 먼저 삼립빵을 한다고 안 좋아했습니다. 작은 소매점에서 삼립빵을 찾으면 어쩔 수 없이 우리 집에서 갖다 팔 수밖에 없습니다. 우리 집이 빤히 보이니 자기네 단골이 우리 집으로 옮겨갔다는 둥 불편한 소리를 많이 했습니다.

그렇게 겨울이 지나가던 어느 날입니다. 평창상회 회장님이 남편을 불렀습니다. 자기네가 문구에서 손을 뗄 테니 삼립빵 대리점과 바꾸자고 했습니다. 다른 사람 같으면 무슨 수를 써서라도 자기네가 할 텐데, 작은아들보다 어린 사람들이니 양보한다고 했습니다.

별로 듣기 좋은 말은 아니지만 처음부터 빵을 팔고 싶었던 건 아니니 잘된 일이었습니다. 그러잖아도 새 학기는 다가오는데 장소는 좁고 복잡해서 어떡하나 근심 중이었습니다. 시간 끌 것도 없이 그날로 당장 자기네 가게에 있는 문구 종류를 탈탈 털어서 우리 집으로 보냈습니다. 아무리 큰 집이라도 전문점이 아니니 물건이 그리 많지는 않았습니다. 누렇게 빛이 바래고 좋은 물건은 별로 없었습니다. 오랜 시간을 두고 어디 창고 구석에서 물건을 찾으면 갖다주었습니다. 남편은 자기 생각이 적중했다고 엄청 좋아했습니다. 가벼운 마음으로 새 학기 준비에 몰두할 수 있었습니다.

사람들이
릴레이로 옮겨준
배추

김장 배추 흉년 든 해,
제천에서 평창까지
배추를 사오다

살림을 시작한 첫해는 김장 배추가 흉년이 들었습니다. 아무리 흉년이라도 설마 우리 먹을 김장이야 친정에서 주겠지 하고 기다렸습니다. 농사 잘 짓기로 소문난 친정집도 겨우 김장하는 흉내만 냈다고 합니다. 날씨는 점점 추워지는데 큰일입니다. 김치 없는 겨울은 상상도 할 수 없습니다.

아들을 업고 충북 제천으로 배추를 사러 갔습니다. 저녁때가 다 돼서야 도착한 제천 김장 시장에는 배추도 있고 무도 있었습니다. 내일이면 배추가 더 많이 들어온다고 했습니다. 배춧

값이 아주 비쌌습니다. 비싸도 배추가 있으니 다행입니다. 평창 지역만 배추 흉년이 들었던 것 같습니다. 평창은 교통이 불편해 외지에서도 공급이 잘 안 되던 시절이었습니다.

제천 시내에서 십 리쯤 떨어진 곳에 사시는 시어른들께 드리려고 홍시를 한 봉지 샀습니다. 홍시가 너무 익어 그것을 싼 비료포 봉지가 처져서 홍시가 철썩철썩 떨어졌습니다. 등에 업힌 아들은 감이 털썩털썩 땅에 떨어질 때마다 깔깔 웃었습니다. 감 봉지를 억지로 얼버무려 어른들께 드렸습니다.

다음 날은 일찍 김장 시장으로 갔습니다. 한 100포기 사고 싶은데 집이 너무 멀다고 하니, 멀어봐야 얼마나 멀겠느냐고 사라고 했습니다. 평창에서 왔다고 하니 멀기는 정말 멀다며 배추 장수는 별 관심이 없습니다. 옆에 있던 짐 나르는 아저씨가 자기가 버스에 실어줄 테니 걱정하지 말고 사라고 했습니다. 배추를 보니 욕심이 나서 큰 마대로 두 자루를 샀습니다. 한 자루에 서른 포기씩 들어갔습니다. 무도 50개들이 한 자루 샀습니다. 갑자기 부자가 된 것 같습니다.

터미널이 좀 멀었는데도 짐꾼 아저씨는 배추를 버스에 실어주고 갔습니다. 주천터미널까지 왔는데 갑자기 버스 기사가 짐을 다 내려놓습니다. 왜 짐을 내리느냐고 평창까지 가야 한다고 하니 "아줌마, 국민학교도 안 나왔수?" 합니다. '도말이' 차라고 쓰였는데 모르고 탔습니다. 도말이는 왔던 곳으로 다시 돌아가는 차를 말합니다. 짐꾼 아저씨가 짐을 실어주니 급한 맘에 타고 왔던 겁니다. 얼른 "국민학교도 못 나왔수" 했습니다. 버스 기사는 "무식해가지고!" 씰쭉거리며 나의 금 같은 배추 자루를 팽개치듯 내려놓습니다.

배추 자루가 너무 커서 나 혼자서는 어떻게 할 수 없었습니다. 옆에는 평창 가는 차가 막 떠나려고 시동을 걸어놓고 부릉부릉합니다. 애는 업었지, 둘째를 임신한 배는 불룩하지, 이렇게 난감할 수가 없습니다. 아이고 어떡하지, 평창 버스까지 쫓아가서 기다려달라고 짐을 실어야 한다고 사정했습니다. 버스 기사는 빨리 실으라고 못 기다린다고 합니다.

혼자서 쩔쩔매고 있을 때 어떤 아주머니와 아저씨가 배추 자루를 들어다 실어주었습니다. "뭐가 이렇게 많나" 하며 3번씩이나 둘이 맞들어서 버스에 실어주었습니다. 차를 타는 손님인 줄 알았습니다. 아주머니와 아저씨의 깨끗한 옷에는 흙먼지가 뿌옇게 묻었습니다. 배추 자루를 실어주고 말없이 돌아서 가셨습니다. 고맙다고 인사라도 해야 하는데 말할 새가 없습니다.

"아줌마, 뭐 해요? 빨리 타지 않고, 시간 없구만." 버스 기사가 독촉합니다. 차를 타고 떠나면서 아주머니와 아저씨가 혹시 보이지 않나 살폈지만, 다시 볼 수 없었습니다. 아주머니, 아저씨의 도움이 없었다면 짐을 싣지도 못하고 다음 차를 기다리느라 지금쯤 썰렁한 터미널에서 난감해했을 겁니다. 혹시 천사가 아니었을까. 아들을 안은 가슴이 아주 따뜻하고 포근했습니다.

평창까지 왔습니다. 버스에 짐을 부치러 온 이웃집 아주머니를 만났습니다. 어디 갔다 오냐고 무슨 짐이 이렇게 많냐고 물었습니다. 제천에서 배추를 사 갖고 오는 길이라고 했습니다. "세상에나 금 같은 배추를 이렇게나 많이 사오다니!" 깜짝 놀랐습니다. 정말 무슨 귀중품을 보는 것처럼 좋아합니다. 새댁은 젊으니 멀리 가서 배추도 사오고 좋겠다고 합니다. 김장 배추가 암만 흉년이라고 해도 올해 같은 해는 처음이라고 합니다. 자기 평생에 김장을 못 해보기는 처음이라고 합니다. 부탁도 안 했는데 아주머니는 자기가 갖다주겠다고 합니다. 지나가는 사람을 불러 자기 리어카에 배추 자루를 실어다주었습니다.

집까지 오자, 이 집은 식구도 많지 않은데 배추가 너무 많지 않냐고 합니다. 한 자루는 팔고 한 자루만 먹으라고 합니다. 아예 배추 한 자루는 리어카에서 내려놓지도 않고 떼를 씁니다. 자기네 아저씨는 고기도 안 좋아하고 김치만 좋아한다고, 겨울 김장을 못하면 정말 큰일이라고 합니다. 배춧값을 섭섭잖게 쳐주겠다고 합니다. 새댁이 제천까지 가서 사온 수고비도 주겠다고 합니다. 내가 말할 틈도 주지 않고 북 치고 장구 치고 혼자

다 합니다. 이왕이면 무도 몇 개 달라고 합니다.

아주머니가 너무 정신없이 수다를 떠니, 남편이 사온 김에 그냥 한 자루 드리라고 했습니다. 아주머니는 내 손에 억지로 돈을 쥐어주고 배추가 실린 리어카를 끌고 갔습니다. 기분이 별로입니다. 그냥 빼앗긴 것 같은 기분이 듭니다. 나도 꼭 필요해서 고생고생하며 사온 겁니다. 완전히 재수 없다고 투덜거렸습니다.

돈을 확인해보니 사온 금액의 두 배입니다. 사람 마음이란 돈 앞에서는 금방 달라졌습니다. 수고한 보람이 있네. 우리 집 김장은 공짜로 하게 되었네 하며 좋아했습니다. 남편은 너무 많이 받은 것 아니냐고 했습니다. "누가 달라고 한 것도 아니고 자기가 그냥 주고 갔는데, 뭐."

아주머니는 김장한다고 이웃에 소문을 냈습니다. 저녁 늦은 시간에 이웃 아주머니들이 찾아왔습니다. 새댁 홀몸도 아닌데 미안하지만 자기네한테도 배추를 사다주면 안 되겠냐고 물었습니다. 마침 어디 갔다 들어오는 남편을 보자 사장님이 사다주면 되겠네, 합니다. 남편은 못 이기는 척 주문을 받아서 한 차 갖다 잘 팔았습니다. 사람이 돈을 벌려니 별일이 다 있다고 좋아했습니다.

우리 가게만 파는
명물,
못생긴 노트

노트 공장 창고에서
주워온 스프링 노트,
인기 폭발하다

어른들과 살 때는 일만 열심히 하면 됐습니다. 내가 살림을 하고 보니 첫해에는 김장 파동이 나서 고생했습니다. 이듬해는 또 연탄 파동이 났습니다. 살림 경험이 많은 사람들은 미리 겨울날 연탄을 준비했습니다.

연탄을 많이 쌓아놓을 장소도 없어 한 달분씩 사서 썼습니다. 연탄을 사야지 하는데 벌써 물량이 없어 공장 앞에 줄을 서서 섰습니다. 한 사람이 열 장밖에 못 삽니다. 나도 대야를 가지고 가서 사람들 틈에 끼여 열 장을 사왔습니다. 금방 찍은 연탄은 젖어서 불이 잘 붙지 않고 가스 냄새도 많이 났습니다. 큰오빠네가 마른 연탄을 한 리어카 줘서 섞어 땔 수 있었습니다.

아주 궁색스럽고 힘들 때 평창경찰서에서 노트 1만 권 주문이 들어왔습니다. 그때는 산속이나 들이나 어디서든지 북한의 불온 삐라(전단)가 많이 날아다녔습니다. 불온 삐라를 주워 오면 상으로 주는 노트였습니다. 남편은 서울 삼원노트 공장으로 노트를 맞추러 갔습니다. 기본 디자인으로 하는 게 아니라 동판을 새로 떠야 해서 시간이 걸린다고 연락이 왔습니다. 우리가 한 번 쓰면 다시 쓸 일이 없어서 동판 가격도 별도로 내야 한답니다. 남편은 서울 간 지 3박 4일 만에 연탄장수 같은 몰골로 왔습니다. 그때까지 말을 못하던 아들은 너무 반가워서 "아빠" 하고 입이 떨어졌습니다. 남편 목을 안고 매달려 떨어지지를 않았습니다.

"연탄 파동이 났다고 하니 어디서 연탄 장사를 하다 왔나 웬일이여?" 하니 삼원노트 공장을 구경하는데 지하 창고에 무지 스프링 노트가 폐지처럼 쌓여 있더랍니다. 이거 버리냐고 물어봤답니다. 어쩌다 많이 만들었는데 유행이 지나서 팔 수 없다고 하더랍니다. 남편이 자기가 가져가도 되겠냐고 물어보니, 직접 작업해서 가져가라고 했답니다. 그냥 가져올 수 없어서 거의 폐지값을 주고, 사흘 동안 먼지를 털고 닦고 하여 집으로 부치고 왔답니다. 상자를 덧대서 동여맨 노트 상자 여러 뭉치가 배달됐습니다.

남편이 다 똑같은 거니까 풀어볼 필요도 없다고 합니다. 너무 모양이 없습니다. 그냥 표지가 속지보다 조금 두꺼울 뿐 하얀 종이에 스프링을 감아놓았습니다. 짐을 풀지 않고 상자째 방에 들여놓기는 보기가 흉합니다. 노트 상자를 풀어 먼지를 대강 털면서 방구석에 쌓았습니다. 10권씩 스프링이 반대로 가도록 엇갈리며 방구석에 높이 쌓았습니다. 안 그래도 좁은 방을 못생긴 노트가 차지했습니다. 저것이 팔릴까 싶습니다. 철없는 아들은 노트 더미에 매달려 놀기를 좋아합니다. 위험하다고 절대 매달리면 안 된다고 수백 번 이야기했습니다. 잠깐 방을 비운 사이 방 안에서 '아악' 아들의 비명이 들렸습니다.

어린 아들이 노트에 깔렸습니다. "그놈의 노트가 아 잡겠다." 크게 다칠 뻔했습니다. 다시는 노트 더미에 올라가지 말라고 나도 아들을 혼내고 남편도 혼냈습니다. 남편은 아들을 혼내고 많이 마음 아파했습니다. "아가 무슨 잘못이 있나. 저런 물건을 방구석에 쌓아둔 어른이 잘못이지."

물가가 갑자기 많이 오릅니다. 시장 가기가 무서울 정도로 하루가 다르게 계속 오릅니다. 사람들은 물가가 오르니 지난해 뜯어둔 묵나물값도 올랐다고 투덜거립니다. 석유파동이 났답니다. 석유 가격이 오르면 종이 가격이 제일 많이 오른다고 했습니다.

새 학기가 되자 노트가 얇아졌습니다. 처음에는 무지 스프링 노트를 새로 들어온 노트와 같은 값에 팔았습니다. 학생들은 같은 값에 몇 배 두꺼운 노트를 좋다고 사갔습니다. 학생사에는 싸고 두꺼운 노트가 있다고 소문이 났습니다. 예쁜 노트만 찾던 학생들 사이에서 싸고 질 좋은 스프링 노트는 가장 인기 있었습니다. 처음에는 싸게 팔다가 적당히 가격을 올려 받았습니다. 쓸모없고 천덕꾸러기 같던 무지 스프링 노트는 전국 어디에도 없었습니다. 우리 집에서만 파는 명물이 되었습니다.

불온 삐라를 주워오면 상으로 주는 노트는 다행히 종이 가격이 오르기 전에 질 좋은 종이로 예쁘게 잘 만들어졌습니다. 불온 삐라를 주워오면 학교를 통해 학생들에게 노트가 지급됐습니다. 산골 아이들은 할아버지, 할머니가 산에 가 불온 삐라를 주워다 주었답니다. 삼촌이나 집안 어른들이 불온 삐라를 줍기만 하면 집안의 학생들에게 주었습니다. 산골 아이들은 두껍고 질 좋은 노트를 상으로 받아 썼습니다. 그해 봄에는 시내 학생들보다 산골 학생들이 더 좋은 노트를 썼습니다.

다들 삐라를 얼마나 열심히 주웠는지 보여주는 일화가 있습니다. 한 동네 할아버지가 멀쩡히 지게를 지고 산에 갔다가

다 저녁이 되어 엉금엉금 기어서 내려와 집으로 가더랍니다. 할아버지가 벼랑 끝 나뭇가지에 걸린 삐라를 손을 뻗어 잡으려는 순간 떨어졌답니다. 할아버지는 그래도 벼랑이 한 길(2~3미터)뿐이 안 되고 밑에는 풀밭이어서 많이 다치지 않고 살아왔다고 하십니다.

무지 스프링 노트는 그 봄에 두 번 값을 올려 받았습니다. 값을 올릴 때마다 깐깐한 학생은 늘 있게 마련이었습니다. 지난번에는 싸게 샀는데 며칠 사이에 왜 이리 올랐느냐고 자기만 싸게 달라고 떼씁니다. 우리 맘대로 하는 게 아니고 새로 사올 때마다 올랐다고 누누이 설명해야 했습니다. 주변에서 자기네도 도매로 달라고 하지만 어떻게 도매를 줄 수가 없어서 우리도 재고가 이것뿐이라고 매번 실랑이해야 했습니다. 종이 가격이 싸고 경기가 좋을 때 만들었기 때문에 값을 올려 받았어도 비싸지 않고 좋은 노트였습니다.

시국이 아무리 어려워도 학생들은 공부해야 하니 학용품은 여전히 잘 팔렸습니다. 노트는 새 학기에 다 팔리고 답답하던 방구석이 훤하게 비었습니다. 삼원노트 덕에 우리 집을 마련할 꿈에 한발 더 가까워졌습니다.

마당에 내놓고, 앨범을 떨이로 팔다

거래처 김 사장님이
싣고 온
사진 앨범 팔기 대작전

학생을 상대하는 장사는 방학이란 긴 공백 기간을 견뎌내야 했습니다. 또 단위가 작아서 많이 팔지 않으면 돈이 되지 않아, 이래서 언제 돈을 버나 하는 조급한 마음이 들 때가 많았습니다. 그나마 오일장이 있어서 다행입니다.

거래처가 여러 곳이 있어 물건을 받아서 팔면 수금해갔습니다. 서울에서 오는 이 사장, 김 사장, 고 사장 같은 분들은 직접 물건을 가지고 와서 거래하게 됐습니다. 11월이 되니 주문도 안 했는데 여기저기서 크리스마스카드와 연하장을 보냈습니다. 팔고 남으면 반품도 받고 수금도 해가겠답니다.

서울 이 사장님은 너무 깍쟁이 같은데 물건을 받아놓으면 잘 팔렸습니다. 물건이 좋은 대신 가격이 좀 비싸고 사람이 너무 빡빡해서 별로 이익이 나지 않았습니다.

김 사장님은 나이가 지긋하고 인정 많은 분이셨습니다. 애들한테도 잘해주니 낯가림이 심한 어린 아들도 김 사장님을 잘 따랐습니다. 우리가 밥 먹을 때 오시면 그냥 수저만 가져오라고 하여 식사도 함께하는 사이가 되었습니다. 젊은 부부가 아기들 데리고 열심히 산다고 이윤도 별로 안 남기고 물건을 싸게 주었습니다. 물건은 좋은 것 같은데 이상하게 잘 팔리지 않고 재고로 쌓였습니다. 늘 수금을 오실 때마다 많이 미안했습니다.

1974년, 남편이 갑자기 사고를 당해 입원했고 나 혼자 갓난쟁이 둘째를 업고 장사했습니다. 김 사장님이 물건 여러 상자를 우리 집 앞에 갖다놓았습니다. 그때는 서울에서 영업자들이 기차와 버스를 타고 지방 출장을 다녔습니다. 자가용을 가지고 다니는 사람은 없었습니다. 김 사장님은 충북 제천에서 첫차로 왔답니다. 제천 도매상에 사진 앨범을 납품했는데 그 집이 갑자기 사업을 접게 되었답니다. 양이 좀 많은데 아주 싸게 줄 테니 팔아보라고 했습니다.

나 혼자 결정할 수 없어, 가게를 김 사장님한테 맡기고 아들도 잠깐 봐달라 하고, 갓난쟁이를 업고 샘플을 들고 병원까지 뛰어갔습니다. 남편에게 물어봤습니다. 남편은 무조건 준다는 대로 다 받아서 졸업식 때 싸게 팔아 치우라고 했습니다.

마침 다음 날이 중·고등학교 졸업식에다 장날까지 겹쳤습니다. 잘된 일이었습니다. 김 사장님은 내일 아침 일찍 앨범을 더 가져오겠다 하고 갔습니다. 밤에 아기를 업고 앨범을 종류별로 포장했습니다. 처음엔 하나하나 포장을 하기가 힘들었습니다. 포장지로 잘 싸고 테이프로 붙여야 하니 일에 진전이 없습니다. 밤새워도 다 못할 것 같습니다.

착잡한 마음으로 하다 보니 번뜩 좋은 생각이 났습니다. 포장지를 앨범 크기에 맞게 잘랐습니다. 포장지에 앨범을 올리고 포장지 양 끝을 중간에서 모아 테이프를 붙이지 않아도 풀리지 않도록 두 번 접어줬습니다. 위아래 끝부분은 앨범 중간 사이로 잘 밀어 넣었습니다. 일일이 테이프를 붙이지 않고도 아주 깔끔하고 쉽게 포장했습니다. "나는 역시 탁월한 일솜씨가 있다니까." 자화자찬하며 한숨 돌릴 수 있었습니다.

앨범은 싼 것부터 비싼 것까지 네 종류였습니다. 아침 일찍 가게 밖에 포장한 앨범을 높이 쌓고 가격표도 붙였습니다. 위에다 샘플만 올려놓았습니다. '공장을 정리하게 되어 질 좋은 앨범을 싸게 팝니다.' 라는 문구를 창에다 크게 써서 붙였습니다.

사람들이 뜨락에 물건이 많이 쌓여 있으니 궁금해서 구경하러 왔다가 앨범이 싸고 좋으니 다들 샀습니다. 밤새워 고생한 보람이 있습니다. 혼자 애쓰다 보니 쌀 팔러 오신 친정어머니가 아기를 업고 가셔서 좀 편해졌습니다.

앨범이 거의 다 팔렸습니다. 메뚜기도 한철이라는데 이런 날 물건이 없어서 못 팔고 나중에 물건이 들어오면 또 재고로 쌓아뒀다 내년에나 팔겠구나 하는 생각이 들었습니다. 그때 김 사장님이 작은 용달차에 짐을 가득 싣고 왔습니다. 김 사장님은 가게 앞마당에 짐을 내려놓고 풀어 분류해줬습니다. 포장한 앨범이 다 떨어지자 직접 포장도 해줬습니다. 점원도 이런 일류 점원이 없습니다. 김 사장님은 내가 쉽게 포장하는 모습을 보고 자기보다 한 수 위라고 했습니다.

그러다 보니 가게에서 물건을 파는 게 아니라 아예 마당에서 팝니다. 장날 무슨 노점상 같아졌습니다. 김 사장님은 "앨범 떨이요~ 떨이~ 싸다 싸~" 하며 아주 싸게 팝니다. 물건을 인수한 적이 없으니, 김 사장님 물건 김 사장님 마음대로 팔아도 할 말이 없습니다. 장꾼들은 이참에 앨범 하나 장만해야겠다고 합니다. 물건을 아는 젊은 사람들은 "물건이 괜찮네" 하며 자기 것도 사고 친척집 아들 졸업 선물로 준다고 샀습니다. 한 사람이 사 갖고 갔다가 친구를 여럿 데리고 와서 또 사갑니다. 시골

할머니들이 이렇게 좋은 것도 있었냐며 구경합니다. "어떻게 써먹는 건지 알려줘봐. 이 작은 놈을 하나 사서 집에 굴러다니는 몇 장 안 되는 사진을 꽂아야지" 하며 사가기도 합니다. 어떤 할머니는 이왕 사려면 큰 놈을 사야 한다며 제일 두꺼운 앨범을 들고 제일 얇은 앨범값에 달라고 떼쓰기도 합니다. 남들 이목이 있으니 달라는 대로 다 줄 수는 없고, 값이 싼데도 깎아달라고 귓속말하는 노인들한테는 눈을 찡긋하며 또 깎아줬습니다.

저녁때가 됐습니다. 얼마 남지 않은 앨범은 남겼다가 차차 팔기로 하고 물건을 정리했습니다. 전날 받은 앨범 외에 몇 권을 더 팔았는지 알 수가 없습니다. 김 사장님은 이렇게 신나게 물건을 팔아본 것이 오랜만이라며 주머니 여기저기서 구겨진 돈을 꺼내놓았습니다. 같이 돈을 헤아렸습니다. 김 사장님은 자기는 교통비나 가져갈 테니 나보고 다 쓰라고 했습니다. 그럴 수는 없으니 남편과 이야기해보라고 했습니다. 김 사장님은 병원에 가 남편 곁에서 한밤을 같이 보냈습니다.

자기는 아주 젊은 나이에 장사를 시작해, 안 해본 일도 없고 안 가본 데도 없이 전국을 돌며 장사해 자수성가했다고 합니다. 젊어서 잘되던 장사가 지금은 같은 물건인데도 잘 팔리지 않는다고 합니다. 돈도 꽤 많이 벌었고 이제는 그만할 때가 된 것 같다고 합니다. 김 사장님은 그동안 밀린 수금도 오늘 장사한 돈에서 다 받은 거로 치겠다고 했습니다.

떠난 뒤에 보니, 김 사장님이 남편 병원비도 다 계산하고 가셨습니다. 그길로 가서 정말 사업을 그만두고 쉬는 중이라고 했습니다. 고맙다고 식사 한 끼라도 잘 대접하고 싶다고 꼭 한 번 놀러 오시라고 했습니다. 그 뒤에 김 사장님을 다시 만나지 못했습니다. 우리 생에 가장 고맙고 따뜻한 사람으로 기억에 남아 있습니다.

"여기 새댁 돈이
어느 것이오"

세치 사려고
돈 모았는데,
돈 받은 생선장수가
모른 척하다

어머니는 늘 말씀하셨습니다. "돈이란 아구(아귀)가 차면 없다 생각하고 쓰지 말아야 모을 수 있다." 목돈을 깨서 조금조금 쓰다 보면 부스럭돈이 되고 다 없어지고 만다고 하십니다. 잔돈푼을 잘 쓰는 사람은 목돈이 필요할 때는 돈이 없어서 평생 아무 일도 못하고 산다고 하십니다. 한 푼이라도 아껴야 돈이 모인다고 라면을 끓일 때도 라면만 넣지 말고 국수와 섞어서 삶아 먹으라고 하십니다.

내가 돈을 헤프게 쓸까봐 은근히 압력을 넣었습니다. 어머니는 말뿐이 아니라 실행력이 강해서 장날마다 쌀을 팔고 농산물을 팔아 목돈을 마련하면 돈을 움켜쥐고 그대로 집으로 가셨습니다.

뭐든 아끼는 데는 내 것 네 것이 없었습니다. 어느 장날 단골손님 아줌마를 보더니 아줌마가 간 뒤에 저 아줌마는 심보가 아주 나쁘니 조심하라고 하셨습니다. "사람 좋은데, 왜? 뭐가 심보가 나쁜데?" 했더니 쌀 팔러 갔는데 멀쩡한 배추를 좀 시들었다고 쓰레기통에 확 버리더랍니다. 또 어느 날은 갔더니 허연 쌀밥을 한 그릇이나 쓰레기통에 버리더랍니다. 못 먹게 됐으면 버리는 게 당연하지 뭐, 했더니, 그래도 사람이 못 먹으면 어디 짐승이라도 주지 그럴 수는 없다고 하십니다. 어머니가 버리는 것을 하도 질색하셔서 나도 사람들이 먹으라고 갖다주는 채소 같은 걸 다 먹지 못할 때는 어머니한테 들킬까봐 조심하며 살았습니다.

어느 한 주에는 농사짓는 사람들이 당근도 가져오고 무와 양배추를 많이 갖다주었습니다. 장사한 지 몇 년 되니 파는 데는 이골이 났습니다. 얻은 채소를, 내 것 판다 하지 않고 친척이 팔아달라며 맡겼다고 단골집들에 사지 않겠냐고 물어보니, 이 집 저 집에서 사갔습니다. 공짜로 생긴 채소 판 돈으로 장날에 세치(임연수어)를 몽땅 살 생각입니다. 세치를 여러 손 사서 연탄불에 바삭하게 구워도 먹고 달콤 짭조름하게 조려서도 먹을 생각입니다. 생각만 해도 마음이 설레서 잠이 잘 오지 않았습니다.

평창은 생선이 귀했습니다. 대관령 아흔아홉 구비를 넘어오는 자반고등어와 세치는 친정 식구들이 최고 반찬으로 칩니다. 장날이면 생선이나 귀한 식품을 5일치 삽니다. 장에서 사면 가게보다 훨씬 싸기 때문입니다. 그래서 장날엔 오전에 한 번 시장을 돌아보고 오후 늦게 가서 떨이로 싸게 사곤 했습니다.

그날은 일찌감치 세치를 사놓았다가 아버지가 장에 오시면 바삭하게 구워 드릴 생각이었습니다. 세치는 바삭하게 구우면 비린내가 전혀 나지 않아 친정아버지가 제일 좋아하시는 생선입니다. 강릉에 어떤 부자가 살았는데 세치가 얼마나 맛있는지 세치 껍질로 쌈을 싸 먹다가(많이 먹다가) 집안이 망했다는 이야기도 있습니다.

장에 가니 단골 생선가게 아줌마가 오늘따라 더 좋은 물건을 많이 가져온 것 같습니다. 벌써 많은 사람이 모였습니다. "아줌마 세치 네 손만 주세요" 하고 돈 먼저 냈습니다. 아줌마는 벌써 많이 팔아 두둑한 앞치마 주머니에 돈을 밀어 넣습니다. 아줌마가 세치 네 손을 싸주면서 돈을 달라고 합니다. "아줌마, 돈 먼저 드렸잖아요." "새댁, 돈을 언제 냈다고 그래? 나는 돈 받은 적이 없는데." 아줌마는 주머니에서 돈을 꺼내 보이며 새댁 돈이 어느 것이냐고 물었습니다. 다 똑같은 돈인데 내 돈이라고 쓰여 있지도 않고 표시도 없었습니다.

내 돈이 어떤 것인지는 모르지만 하여튼 세치 네 손 값을 냈다고 했습니다. 옆에서 나물 팔던 할머니가 새댁이 돈 내는 것을 보았다고 합니다. 생선가게 아줌마는 할머니는 이 새댁과 한통속이냐고, 받은 적이 없는 돈을 받았다고 편든다고 언짢아합니다. 아무리 얘기해도 아니라고 해서 울면서 집으로 왔습니다.

등에 업은 아이도 엄마가 우니 덩달아 많이 울었습니다. 시장 골목을 울면서 지나니 아는 사람들이 무슨 일이냐고 물었습니다. 모르는 사람들은 흘끔흘끔 보며 지나갔습니다. 집에 와서도 억울해서 눈물이 멈추질 않습니다. 방구석에 숨어서 눈이 붓도록 울다가 남편한테 들켰습니다.

남편은 깜짝 놀라며 무슨 일이냐고 합니다. 세치를 사려고 돈을 냈는데 안 받았다 하여 돈을 떼이고 그냥 왔다고 했습니다. "많이 속상하겠다. 내가 세치 네 손 사줄 테니 그만 울어" 하였습니다. 돈을 주면서 가서 세치 사다 먹고 다음에는 절대로 돈 먼저 내지 말고 물건을 받아 들고 돈을 내라고 했습니다. 속상해도 공부한 셈 치라고 했습니다.

생각해보면 가끔 나도 돈을 안 받은 것 같은데 돈을 냈다고 하는 사람이 있어서 찜찜하지만 믿어줬던 일이 있었습니다. 그렇다 할지라도 이건 억울해서 견딜 수가 없습니다. 그날따라 친정어머니도 장에 오시지 않았습니다. 친정어머니가 오셨으면 내 편이라도 들어줄 텐데, 아무리 생각해도 그냥 돈을 떼이고 말 수는 없었습니다.

오후에 퉁퉁 부은 눈으로 아이를 업고 생선가게 아줌마를 찾아갔습니다. 장꾼들도 많이 집으로 돌아가고 시장은 한산해졌습니다. 나는 분명히 돈을 냈으니까 세치도 필요 없고 돈을 돌려달라고 했습니다. 그 돈은 채소를 팔아서 세치를 사먹으려고 마련한 특별한 돈이었다고 했습니다. "아줌마, 그 돈을 떼이면 나는 억울해서 못 살 것 같아요" 했습니다.

"글쎄, 새댁이 또 찾아온 것 보면 거짓말은 아닌 것 같네" 했습니다. "아줌마, 하늘을 두고 맹세하건대 정말로 돈을 냈어요" 하니, 옆에서 나물 파는 할머니가 자기는 나물이 잘 안 팔려서 생선 잘 팔리는 아줌마만 보고 있었다고 합니다. 새댁이 세치 네 손 값이라고 하면서 돈을 내니 앞치마 주머니에 넣는 걸 보았다고 하셨습니다. 나물 파는 할머니도 봤다 하고 나도 자꾸 내 돈 내놓으라고 하니, 생선 파는 아줌마도 자기가 잘못 안 것 같다고 미안하다고 했습니다. 기왕 세치를 사먹으려고 했던 건데 한 손 더 줄 터이니 그냥 세치로 가져가라고 싸주었습니다.

사람이 재수가 없어서인지 바보 같아서인지 정말로 내 돈 내고 바보 같고 아주 치사한 하루였습니다.

그날 이후로 세치를 먹을 때마다 남편한테 놀림을 받았습니다. 나는 가게에서 손님이 돈을 먼저 내려 하면 물건 받으면서 내라고 철저하게 가르쳐주었습니다. 나도 그때부터 지금까지 반드시 물건 받고 돈 내는 것을 철칙으로 삼고 살고 있습니다.

왜 싸우려면
눈물부터
나는지

남편이 시작한 주산 학원,
학원비 받으러 갔다가
소리소리 듣고 오다

남편은 아침을 먹으면서 주산 학원과 과외 학원을 겸하면 돈을
벌 것 같다고 합니다. 그냥 해보는 소리거니 했습니다. 그런데
저녁때 보니 언제 준비를 다 했는지 개업을 했습니다. 무슨 일
이 그렇게 하고 싶은지 마음만 먹으면 말려볼 틈도 없습니다.

　걱정입니다. 나 혼자 아기를 데리고 가게를 어떻게 하냐고
울상이 되었습니다. 나보고 걱정 말라고 합니다. 부원장도 신용
있는 사람이고 강사진이 탄탄해 그냥 맡겨놓고 자기는 본업에
충실할 것이라고 합니다. 공부 잘하기로 소문난 예쁜 쌍둥이 자

매가 있었는데, 한 명은 영어를 가르치고 한 명은 주산을 가르친다고 합니다. 걱정한 것보다는 학원이 순조롭게 잘되는 편이었습니다. 주산 선생님이 남자 친구가 생겨 결근이 잦아졌습니다. 남편은 어느 날부터인가 주산을 가르쳐야 했습니다.

누구네 집 아들은 학원비를 1년 동안 안 내고 다닌다고 합니다. 집이 가난한 것도 아닌데 수금을 가면 엄마를 만날 수가 없답니다. 남편이 나보고 혹시 그 엄마를 만나거든 돈을 좀 받아보라고 했습니다.

어느 날 시장 골목에서 아이의 엄마를 만났습니다. "누구 엄마, 학원비를 좀 주시면 좋겠다"고 말했습니다. 단둘이 만나 얘기했는데 아이 엄마는 "그 잘난 학원비 좀 밀렸다고 사람 많은 시장 가운데서 달라 하냐"고 소리소리 질렀습니다. "그 새끼가 공부나 잘한다면 또 말을 안 해!" 나는 밀린 학원비 좀 달라고 한마디 했는데 아이 엄마는 소리소리 지르니까 사람들이 모여들었습니다. 사람이 많이 모이니 "이 뭣 같은 ×!" 하며 아이 엄마는 목소리를 더 높였습니다.

지나가던 옷가게 아줌마가 내 손을 끌면서 빨리 가자고 했습니다. 자기네 가게에서도 아들 옷을 외상으로 가져갔는데 외상값을 받아본 적이 없다고 했습니다. 세탁소도, 식료품 가게도 외상값을 못 받았다고 합니다. 그 여자에게 외상값을 달라는 건

땡비(땅벌) 집을 건드리는 거나 마찬가지라고 합니다. 다들 외상값은 못 받고 약이 오르니 "그 새끼 키워서 뭐가 되나 볼 거여" 하며 흉보는 걸로 마음을 달랬습니다.

친정어머니 얘기로는 말이란 오장육부에서 우러나야 한다고 합니다. 말주변이 없는 사람은 심부름을 시켜도 시킨 말 외에는 더 할 말이 없습니다. 나는 왜 그리 말주변이 없는지 누가 세게 나오면 할 말도 잊어버리고 어버버하다가 맙니다. 좀 싸우려고 하면 눈물부터 나서 싸울 수가 없습니다. 남편은 싸움에서 눈물을 보이면 지는 거라고 절대 울어서는 안 된다고 하지만 고쳐지지 않습니다.

우리는 새벽에 일찍 일어나 아침밥을 같이 먹었습니다. 저녁엔 바쁘니, 아침밥 먹을 때 이런저런 이야기를 합니다. 어제는 누구 엄마에게 학원비 달라고 했다가 욕만 잔뜩 먹었다고 얘기했습니다. 남편은 학원을 그만둬야겠다고 합니다. 학원이 그렇게 안 되는 것은 아닌데, 누구네는 돈이 있어도 학원비를 안 내고 어려운 학생은 어렵다고 면제해주다 보니 별로 돈이 안 된다고 합니다. 선생님들도 속을 썩이는데, 마침 남자 선생님 한 분이 학원을 맡고 싶어 한다고 합니다.

아침 먹을 때 지나가는 말이려니 했는데 저녁때가 되니 벌써 인수인계를 끝내고 왔답니다. 속으로 일을 벌이기도 잘하고 정리도 잘해서 다행이다 생각했습니다. 1년 6개월 동안 운영한 학원을 정리한 돈이라며 잘 가지고 있으라고 꽤 많은 금액을 내놓았습니다.

당시 우리가 세 들어 살던 가겟집을 집주인이 판다는 소문을 들었다고 합니다. 이 집을 팔면 어떤 일이 있어도 꼭 사고 싶습니다. 집주인이 좀 별나서 살기가 많이 불편했습니다. 집세를 달라는 대로 다 주고 전기세와 물세도 따로따로 다 냅니다. 그런데도 불이 껌벅하면 아무 기척도 없이 와서 문을 확 열어봅니다. 혹시 자기네 몰래 전기제품을 쓰는지 조사하러 왔답니다. 그런 일이 하도 심해, 옷도 세탁소에 가서 다려다 입었습니다.

남편이 이 집을 사려면 돈이 좀 모자랄 것 같으니 돈을 구해보라고 했습니다. 내가 돈 구할 데가 어디 있겠습니까. 친정 아버지가 장에 오셨기에 아버지께 은행에서 돈을 빌리는 데 보증을 서달라고 했습니다. 아버지는 그런 문제는 큰올케와 의논해보라 하고 그냥 가셨습니다. 우리가 사는 집을 사고 싶어 하는 사람이 여럿 있었습니다. 아들이 많은 평창상회는 한 시세 더 주고라도 사서 작은아들 살림을 차려줄 거라고 별렀습니다.

소문이 나고 얼마 안 있어 주인이 집을 팔고 강릉으로 이사 간다며 집을 내놓았습니다. 집주인은 시세보다 높은 값을 부르면서 우리보고 집을 사라고 합니다. 그래도 살고 있었으니 우선

권을 주는 거라며 한 푼이라도 깎으면 다른 사람한테 팔겠다고 합니다. 남편은 얼른 평창상회 회장님한테 갔습니다. 이 집을 판다는데 얼마에 사면 어떻겠냐고 의논했습니다. 평창상회 회장님은 물건이 맘에 들면 한 시세 더 주고라도 사야 한다고 했답니다.

우리는 달라는 금액을 다 주고 집을 샀습니다. 집주인은 중도금이고 잔금이고 빨리빨리 주면 좋겠답니다. 중도금까지는 되는데 잔금이 모자랍니다. 적금이 하나 있는데 끝나려면 아직 몇 달이 남았습니다. 친한 친구네 엄마가 가게를 세주고 잘살았습니다. 친구 엄마한테 적금 통장을 들고 갔습니다. 적금 통장을 맡길 테니 적금 액수만큼만 돈을 빌려달라고 했습니다. 적금 붓는 날은 통장을 찾아다 적금을 붓고 다시 맡기겠다고 했습니다. 적금 만기가 되면 같이 가서 적금 탄 돈을 드리겠다고 하고 돈을 빌렸습니다. 이렇게 해서 가게 차린 지 3년 만에 가겟집을 샀습니다.

평창으로 이사 오던 1973년 가을부터 구옥을 헐고 너도나도 2층 양옥집을 짓기 시작했습니다. 새로 집을 짓고, 있는 솜씨 없는 솜씨 다 동원해 상을 차려 집들이를 합니다. 남의 집들이에 가면 팥죽이 잘 넘어가지 않았습니다(이사하는 날 팥죽을 끓여 집 안에 뿌리고 먹어서 액땜함). 나는 10년이 가도 집을 살 것 같지 않아 남몰래 눈물도 많이 흘렸습니다.

3년 만에 집을 산 건 기적 같은 일이었습니다. 부엌엔 검정 솥을 사서 반들반들 윤기 내어 걸고 마당에는 강아지도 키울 생각입니다. 얼른 돈을 모아서 집을 새로 짓고 집들이할 꿈을 꿉니다.

꼬마들에게도
대목이 있다

세뱃돈으로
비싼 물건 사는 아이들과
생전 처음 본
친척 아주머니

아버지는 체면이 사람 밥 먹여주는 게 아니라고 늘 말씀하셨습니다. 웬만하면 눈 질끈 감고 모르는 체 넘어가야지 임시 기분에 휩쓸려 살다 보면 돈이 남아나질 않는다고 하십니다. 돈도 젊을 때 벌어야지 늙으면 돈이 안 붙는다고 하십니다. 돈은 버는 재주가 없으면 쓰지 않아야 모이고, 젊어서 한때 무섭게 허리띠를 졸라매야 모을 수 있답니다.

　사람이 가난하면 돈이 벌어지지 않고 제 발창(발바닥)에 묻어나서 점점 더 가난하게 살 수밖에 없다고 하십니다. 돈이 없어 어디서 빌리려면 빈손으로 갈 수 없어 없는 돈에 뭐라도 사 들고 가느라고 돈을 써야 하고, 빌려준다 하더라도 가는 대로 한 번에 빌리는 게 아니고 언제 오라고 하면 아무리 바빠도 또 품을 내어 돈을 가지러 가느라고 시간을 버린답니다. 그렇게 빌린 돈은 또 이자를 줘야 하니 언제 돈을 벌겠느냐고 합니다. 아버지가 하시던 말씀이 옳은 것 같아 늘 그대로 따르며 살려고 애썼습니다.

평창으로 와 가게를 차리고부터는 명절날 시댁에 가지 못했습니다. 남편만 아들을 데리고 갔습니다. 나는 아이 하나는 업고 하나는 걸리고 버스를 타고 미리 갔다 왔습니다. 명절에는 집주인도 다 큰집에 가서 가겟집이 비기 때문입니다. 혼자서 어린 딸을 데리고 명절을 보내는 것은 아쉽고 쓸쓸한 일이었습니다. 사람이 몸이 편하면 입도 편하다는 말이 실감 나는 날입니다. 맛있는 음식이 눈에 선합니다. 설날이면 춥기는 왜 그리 추운지 벌벌 떨면서 떡방아를 찧고 수수부꾸미를 지지고 여럿이 모여 '하하하 호호호' 하며 재미있던 때가 새삼 그립습니다.

혼자 있다고 아무것도 준비를 안 했더니 뭐라도 하나 해서 먹을걸 그랬다고 후회하고 있을 때입니다. 누가 문 두드리는 소리가 납니다. 큰오빠가 친정집에 갔다가 일찍 출근하는 길에 음식을 싸다주었습니다. 내가 좋아하는 메밀부치기(부침개)도 많이 보내왔습니다. 이렇게 수고하지 않아도 잘 먹을 수 있구나. 세상에서 가장 맛있는 음식 같습니다.

설날에는 온 시내가 다 문을 닫았습니다. 가게 문을 빼꼼 열어놓고 아이를 데리고 들락거립니다. 아이들이 '아줌마, 문 열었어요?' 하며 아주 반가워합니다. 세뱃돈이 생긴 아이들이 물건을 사고 싶은데 가게들이 다 문을 닫아서 애태우다가 문을 연 우리 가게로 우르르 몰려옵니다. 아이들은 세뱃돈 타는 설날을 1년 동안 기다렸습니다. 그동안 사고 싶었던 물건을 마음껏 사갔습니다.

친척이 많은 아이들은 세뱃돈을 많이 받았다며 평소에 사지 못했던 비싼 물건을 사갔습니다. 어른들도 평소엔 못 사게 하던 물건을 명절에는 공돈이 생겼으니 아이들이 그냥 사게 둡니다. 우리 집은 장난감 전문점이 아니니 운동회 때 팔던 장난감 재고를 꺼내 팔았습니다. 팔릴 것 같지 않던 장난감들을 다 팔고 나니 공돈이 생긴 것 같습니다. 평소에 54색 크레파스는 진열품입니다. 아이들이 사달라고 하면 어른들은 조그만 거 하나 쓰면 되지 대문짝 같은 것을 사달라 한다고 사주지 않았습니다. 그해 설에는 54색 크레파스도 여러 개 팔렸습니다. 비싼 물감과 그림 도구도 사갔습니다. 어떤 아이는 설에 살 장난감이나 학용품을 미리 맞추기도 합니다. 돈이 생긴 김에 신학기에 쓸 학용품을 사가는 아이들도 있습니다.

가게를 차린 첫해 설에 우연히 가게 문을 열었는데 평소보다 많이 팔았습니다. 다음부턴 아예 명절 준비를 공들여 했습니다. 설마다 우리 집은 남들이 알지 못하는 짭짤한 수입을 올렸습니다.

명절에도 쉬지 않고 열심히 일하는 사람이 있는가 하면, 공으로 먹고사는 사람도 있습니다. 시집 집안에는 친척이라면 사돈의 팔촌까지 찾아다니며 돈을 빌리고 민폐를 끼치기로 유명한 아주머니가 있다는 소리를 들은 적이 있었습니다. 설이 지나고 며칠 되지 않아 생전 처음 보는 아주머니가 '조카님 잘 있느냐'며 놀러 왔습니다. 정초부터 무언가 잘못됐구나 하는 생각이 들었습니다. 아무리 빈대를 잘 붙는다고 해도 제천서 평창까지 찾아오다니 이건 정말 말이 안 된다는 생각이 듭니다.

아주머니는 우리와 아주 친한 사이 같습니다. 조카네가 돈을 많이 벌었다고 소문이 났답니다. 스스럼없이 '조카, 돈 좀 빌려달라'고 합니다. 남편은 우리가 살림 차린 지도 얼마 안 되고 무슨 돈이 있어 빌려드리겠냐며 그냥 놀다 가시라고 했습니다. 점심 대접을 잘해드렸습니다. 아주머니는 해가 지고 막차가 떠나도 가실 생각을 안 합니다. 아이를 업고 저녁 식사를 준비했습니다. 단칸방인데 자기는 윗목에서 자겠다고 합니다. 체면상

아랫목에서 주무시라고 했더니 아예 아랫목을 차지하고 아주 편한 자세로 주무십니다. 다음 날도 갈 생각을 안 합니다. 아이를 업고 아무리 동동거려도 손끝 하나 까딱하지 않습니다. 빚 받으러 온 사람보다 더 당당하게 먹고 자고 합니다. 아주머니가 가끔 집을 나가, 혹시 갔나 하고 보면 시내를 한 바퀴 돌고 때가 되면 용케도 들어왔습니다.

사흘이 지나도 갈 생각을 안 합니다. 반갑지 않은 사람과 사니 사흘인데도 많은 세월이 흐른 것 같습니다. 할 수 없이 사흘째 되는 날 명절에 아이를 업고 고생고생해서 번 돈에서 얼마를 주었습니다. 말이 빌려주는 거지 받을 생각 없이 주었습니다. 돈을 보자 떼인 돈이라도 받은 사람처럼 '조카, 고맙네' 하며 일어서서 가셨습니다. 돈을 빌리는 것 같은 근성으로 돈을 벌면 큰 부자가 될 것 같습니다. 남편은 옛날부터 아는 사람이지만 나는 처음 보는 아주머니가 그렇게 조카며느리를 찾는 걸 처음 보았습니다.

차라리 첫날 얼마를 줘서 보냈으면 편했을 터인데…. 그냥 도둑맞은 셈 치고 돈을 줬는데도 아깝기도 하고 억울한 생각이 자꾸 듭니다. 칼만 안 들었지 강도 같다고 생각합니다. 남편은 정초에 액땜했다 생각하고 잊어버리라고 이야기했습니다.

일일 매일
일하니,
이러다 죽겠구나

밤에 누우면 혼자서는
잘 일어나지 못할 정도로
힘들고 일이 많았던 시절

엄마들이 학용품을 사면서 학습지는 안 하느냐고 자꾸만 묻습니다. 뭔가 시작을 잘하는 남편은 어느새 '일일공부'(학습지)를 시작했습니다. 어떻게 관리할까 걱정했는데 배달 일을 하겠다는 아이가 많아서 다행입니다. 학습지를 돌리고 다음 날은 새 학습지를 돌리면서 어제 것을 거둬들여 채점해서 다시 돌리는 일이 여간 번거로운 게 아닙니다.

　일일공부를 시작한 지 며칠 되지 않아서 '매일공부'도 함께하게 되었습니다. 일일공부를 시작했더니 매일공부를 자꾸만 찾습니다. 이렇게 되면 누군가가 또 매일공부를 시작할 게 뻔합니다. 그럴 바에는 두 가지를 같이 하는 것도 괜찮겠다 싶었습니다.

두 가지 학습지를 하니 많이 복잡해졌습니다. 아이들이 하교하는 한창 바쁜 시간에 엄마 둘이 와서 "사장님 나와봐요" 큰소리로 부릅니다. "우리 애는 분명 매일공부를 하는데 어디서 얼토당토않은 일일공부가 우편함에 떡하니 꽂혀 있잖아요." 한 엄마는 일일공부가 아니고 매일공부가 왔다고 학습지를 눈앞에 들이대고 흔들며 소리칩니다. 이름은 우리 아이 이름인데 웬일이냐고 큰소리로 따지는 겁니다. 우선 미안하다고 진정시키고 알아봤더니 각각 다른 학습지를 하는 동명이인이었습니다. 일일공부 이명희와 매일공부 이명희의 학습지가 바뀌어 배달된 겁니다. 일일공부와 매일공부 담당이 따로 있는데 학습지가 바뀌어서 배달되어 일어난 사고였습니다.

가게 한편에서 일일공부와 매일공부 둘 다 하던 것을, 사고를 막기 위해 세웠던 방을 비워서 사무실을 분리했습니다. 아이들을 쓰다 보니 자주 결근해 골치입니다. 믿을 만한 사람도 더 보강했습니다. 세상에 쉬운 일은 없겠지만 교육 사업은 자식들 일이니 엄마들이 특히 더 신경 씁니다. 채점은 분명히 모범 답안지가 있어 보고 하는데도 채점을 잘못했다고 따지러 왔습니다. 집을 사고 나서 이제는 한시름 났다고 생각했는데 일은 점점 늘어나서 아이를 업고 채점하고 수금도 하러 다녔습니다.

나는 어린 시절 결석을 많이 해 수학과는 담을 쌓고 살아 수학이라는 건 아예 몰랐습니다. 아이들 학습지를 채점하다 보니 수학 문제를 접하게 됐습니다. 사각형의 잘려 나간 부분의 넓이를 계산하라는 문제를 유심히 들여다보았습니다. 남편이 이 문제는 이렇게 푸는 거라고, 수학도 알고 보면 쉽고 재미있다고 가르쳐주었습니다. 내 평생에 처음 수학 문제를 풀어봤습니다. 평생 수학을 못해서 시험에 몇 과목을 100점 받아도 수학이 총점을 다 깎아 먹었습니다. '아! 수학은 이렇게 하는 것이구나. 나도 지금 다시 기초부터 시작한다면 수학도 할 수 있겠다'는 생각이 들었습니다. 뭔가 막혔던 담이 허물어진 것 같은 후련함이 생긴 날이었습니다.

그 무렵 어디서 흥국생명 소장이라는 남편 친구가 자주 놀러왔습니다. 평창은 다 좋은데 보험회사가 없는 게 흠이라고 했습니다. 자기가 여기다 흥국생명 지소를 하나 내야겠다고 벼르고 다녔습니다. 속으로 '내고 싶으면 내시든가 벼르기는 뭘 그리 벼르시나' 했습니다. 남편 친구는 정말로 흥국생명 지소를 차리면서 지소장으로 남편을 세웠습니다. 학습지 사무실 한쪽에 칸을 막아 보험회사로 쓰는 조건이라고 했습니다. 또 큰일이

낳구나 싶었습니다. 일이 점점 많아져서 아주 죽었구나 싶었습니다. 어린 아들도 아버지를 따라 출근하다시피 했습니다. 여직원네 아들이 우리 아들과 동갑이어서 같이 모여 놀았습니다.

이건 아니다 싶어 사무실은 내보내고 방을 수리해 세놓았습니다. 마당 안쪽 방에는 식구가 많지 않은 나이 많은 공무원 부부가 이사했습니다. 그 부부는 무엇이 있으면 잘 나누어 먹고 아이들도 무척 예뻐했습니다. 다 좋은데 빨래하는 시간이 겹쳤습니다. 그때는 안마당에 설치된 수도 하나를 여러 집이 나누어 쓰고 살았습니다. 내가 빨래를 먼저 시작해도 가게에서 "계세요~" 하는 소리가 들리면 하던 일을 멈추고 가게를 봐야 합니다. 가게에 갔다 오면 하던 빨래를 다 옆으로 밀어놓고 자기가 물을 차지하고 빨래합니다. 다른 건 인심이 좋은데 수도만은 야속합니다. 한나절을 수도를 차지하니 손님이 없어 한가한 시간에도 빨래를 할 수가 없습니다. 아기가 자는 시간에도 일없이 앉았다가 결국 아기가 깨면 업습니다. 저녁에야 수도가 나서 빨래를 저녁때 하는 날이 많아졌습니다.

남편도 집에 사무실이 있을 때는 가게 일을 함께할 수 있었는데 사무실에 나가 있으니 가게를 돌볼 수 없었습니다. 아기를 꼬박 업고 일하다 보니 등이 저리고 아프기 시작했습니다. 밤에 누우면 등이 방에 딱 붙어 누가 굴려주지 않으면 혼자서는 잘 일어나지도 못했습니다. 한약국에 갔더니 사람이 골병들어 아픈 것은 고치기 어렵답니다. 나이 들수록 점점 더해진다며 일하지 말고 편히 쉬어야 낫는다고 했습니다. 일이 많으니 돈은 모였습니다. 남편은 이러다 사람 죽겠다고 아무래도 어느 것이든 정리해야겠다고 버르더니 흥국생명도 그만두고 일일공부도 넘겼다고 했습니다. 남은 매일공부는 우리 가게 한쪽에서 하기로 하고 집으로 들어왔습니다.

세월은 빨라 나는 어느새 서른두 살이 됐습니다. 남편한테서 서른두 살 생일 선물로 다수리에 있는 논 열 마지기를 받았습니다. 그동안 사업 확장한다고 결혼반지와 목걸이도 다 팔아먹었습니다. 내 생일을 잊어버린 적도 있었습니다. 그동안 애쓰고 벌어서 집을 산 이후론 가겟세도 내지 않고 추가로 방세도 받았습니다. 올해부터는 쌀도 안 사먹고 농사지어 먹으면 이제는 돈 벌 일만 남았다고 합니다. 남편은 우리 집은 이제 당신이 없으면 떼거지가 되는 거라고 했습니다. 건강을 잃지 말고 오래오래 잘 살자고 약속했습니다.

미루나무가
준 선물

가장 바쁜 신학기 때
미루나무 장사에 나선
남편

1970년대까지 가로수는 아름드리 미루나무였습니다. 우리나라 개화기에 심었다는 미루나무는 하늘을 향해 곧게 뻗어 올라 갔습니다. 어린 날엔 저러다 하늘까지 올라가는 거 아닐까 생각한 적도 있습니다.

학교에 가자면 후평 미루나무 가로수 길을 지나야 했습니다. 끝없이 이어지는 아름드리 미루나무 길은 여름이면 곱고 반짝이는 잎이 팔랑거려 지나다니는 사람들은 잠시 피로를 잊었습니다. 겨울에는 잎이 다 떨어져도 커다란 둥치로 꿋꿋하게 서

있는 미루나무가 겨울을 잘 버티고 살라고 말하는 듯해 좋았습니다. 제천으로 시집갔을 때도 시댁이 있는 고암리에서 장락역으로 이어지는 신작로에 아름드리 미루나무 가로수가 있어 낯설지 않고 위안이 됐습니다.

큰 미루나무는 고개를 젖히고 한참을 쳐다봐야 끝을 볼 수 있었습니다. 지름이 1미터 넘는 몸통에 키는 30미터까지 자라는데, 잔가지들이 팔을 쳐든 것같이 위로 향했습니다. 마치 거대한 대 빗자루 같습니다. 비포장도로 따라 심은 아름드리 큰 미루나무 길은 든든하고 시원하고 따뜻했습니다. 멀어질수록 점점이 작아지는 길은 한 폭의 그림 같은 풍경이었습니다. 미루나무는 성장이 빨라 우리나라 산업에 큰 힘이 됐습니다. 생명력이 강해서 가지를 꺾어 논둑이나 밭둑에 꽂아놓으면 가꾸지 않아도 저절로 뿌리가 나고 잘 자랐습니다.

제천이나 영월 쪽에 성냥 공장이 있었습니다. 미루나무로 나무젓가락과 도시락도 만들고 성냥갑이나 성냥개비도 만들었습니다. 한때 부녀자들이 부업으로 성냥갑이나 도시락을 만들기도 했습니다. 나무를 얇게 켜서 도시락이나 성냥갑을 만들면 부피가 엄청나게 늘어납니다. 부피는 크지만 가벼워서 여자들이 큰 바윗덩이 같은 보따리를 이고 다녔습니다. 이걸 본 외국인들은 깜짝 놀라 '오 마이 갓, 원더풀' 하면서 한국 여자들은 천하장사라고 감탄했다고 합니다.

한때 논둑 밭둑에 심은 미루나무가 아름드리로 자라자 논밭에 그림자를 길게 드리우게 됐습니다. 자기 땅에 심은 나무도 정부 허가 없이는 마구 베어버릴 수 없어 은근히 골칫거리가 됐습니다.

미루나무는 쓸모가 많아 값이 꽤 좋았습니다. 미루나무밭은 업자들이 쉽게 사갔지만, 여기저기 논둑 밭둑에 띄엄띄엄 있는 나무를 사갈 사람은 없었습니다. 어느 날 남편이 "동네 가운데 쓸데없는 미루나무를 사다가 팔아볼까?"라고 말했습니다. 그저 농담인 줄 알았습니다. 우리 가게는 문구를 팔아서 1년 중 3월이 제일 바쁩니다. 신학기에 혹시라도 다른 일을 벌이면 큰일입니다. 다음 날 남편이 아침밥을 먹으면서 한 달 동안 미루나무 장사를 하겠다고 합니다.

이미 일이 벌어졌습니다. 말려도 소용없음을 알기에 아무 말도 못했습니다. 밭둑이나 논둑에 몇 그루씩 있는 미루나무를 싸게 사서 팔겠답니다. "제일 바쁜 신학기엔 하던 일이 있어도 멈추겠다, 생전 안 하던 무슨 나무 장사를 하나?" 따져 물었습니다. 미루나무가 물이 오르기 전 3월이 가장 좋은 때라고 합니다. 마침 나무를 사들이겠다는 장 사장이란 사람을 알게 됐으니 좋은 기회인 것 같다고 합니다. 농부들을 만나려면 아침 일찍 한 바퀴 돌고 저녁에 동네 한 바퀴 돌고 하면 되니까 가게에 별 지장 없이 부업으로 하겠답니다.

돌 지나면 낳고 돌 지나면 낳아 셋이 된 어린애들을 데리고 혼자서 어떻게 하나 눈앞이 캄캄해졌습니다. 너무 바빠서 아이들을 돌볼 시간이 없습니다. 그래도 셋이니 서로서로 의지하며 잘 놀고 먹고 합니다. 아이들이 독립심이 강해서 1월에 돌 지난 막내딸도 혼자서 밥을 먹습니다. 양을 좀 많이 해서 밥을 국에 말아주거나 비벼주면 숟가락 등으로도 떠먹고 손으로도 떠먹습니다. 반은 흘리고 반은 먹습니다. 두 살 많은 언니는 그렇게 하면 안 된다고 수저를 바로잡아주곤 했습니다. 애들을 좀 봐주려고 하면 가게에서 "계세요~"합니다. 하교 시간이면 학생들이 몰려들어 방에서 아기가 울어도 들여다볼 시간이 나지 않았습니다.

미루나무 장사는 벌목 허가를 받는 일부터 시작됐습니다. 각 동네에 다니며 나무가 몇 그루 있나 수를 파악해야 합니다. 동네 이장님들의 도움으로 나무 수 파악을 쉽게 할 수 있었답니다. 나무 베는 작업도 집집마다 자기네 나무는 자기네가 품값을 받고 마을 입구까지 책임지고 날라다놓도록 했답니다. 그저 논둑 밭둑에 몇 그루씩 있는 게 얼마나 되겠나 한두 차면 되겠지 하고 가벼운 마음으로 시작했는데, 막상 일을 시작하고 보니 동네마다 한 차씩 나오더랍니다. 장 사장님 도움으로 차량도 쉽게 구할 수 있었습니다. 허가받고 반출하는 모든 과정이 주위에 아는 사람들의 도움으로 순조로웠습니다. 반출증을 끊어 목적지까지 실어 보내기까지 꼬박 한 달이 걸렸습니다.

까무러치도록 바쁜 한 달이 지나 4월이 되었습니다. 아이들은 엄마, 아빠가 바빠 신경도 못 쓴 동안 어떻게 살아남았는지 정신을 차리고 보니 훌쩍 커 있었습니다. 남편이 어느 저녁 집에 들어오더니 방문만 열고는 돈다발을 턱 하고 던졌습니다. "이거 천만 원인데 당신 가져" 하고는 휭하니 놀러 나갔습니다. 그렇게 큰돈은 만져본 적도 없습니다. 누가 볼세라 가슴에 품고 두근거리는 마음으로 농협까지 걸어갔습니다. 창구에 돈을 내려놓으니, 저 안에서 높은 사람이 안으로 들어오시라고 합니다. 아이들을 두고 갔기에 서둘러 입금하고 집으로 돌아왔습니다. 신작로에 줄지어 선 미루나무가 제법 푸르러진 이파리를 매달고 가지를 하늘로 뻗어 올리고 있었습니다.

시루목 넘치면
피난 가세

많은 슬픔을 남긴
한 달 장마 끝에
깨달은 것

비가 내린 지 벌써 한 달이 다 된 것 같습니다. 비가 너무 오니 장날이 돼도 장꾼들이 없습니다. 장사도 안 되고 농사일도 안 되고 공사도 못하고 세상이 돌아가지를 않습니다. 다들 이러다 굶어 죽겠다고 걱정이 대단합니다. 찌푸리고 구질구질한 날씨가 이어지니 사람들이 뚱하고 훨씬 사나워진 것도 같습니다.

　어느 날부터인가 장대 같은 비가 쉬지 않고 밤낮 사흘을 내리고 있습니다. 뉴스는 온통 물난리 얘기뿐입니다. 둑이 터지고 마을이 수몰되고 인명 피해가 속출한다고 합니다. 평창에 비가 아무리 많이 와도 시루목 고개로 물이 넘었다는 소리는 아직 들어보지 못했습니다. 그런데 이번 장마에는 아무래도 물이 시루목 고개로 넘칠 것 같다고 합니다. 물이 시루목 고개를 넘으면 평창 시내 가게 가운데 무사할 집이 하나도 없습니다. 그것도 낮이 아니고 밤이라고 하니 사람들 걱정이 더합니다.

다들 피난 갈 준비를 합니다. 미리 준비했다가 물이 넘치면 학교 뒷산 쪽에 가기로 했습니다. 아이들에게 두꺼운 옷을 입히고 어른들도 두꺼운 옷을 입습니다. 벌써 가게마다 손전등이 다 팔렸다고 합니다. 집에 물이 들어오면 소용 있을지는 모르지만 될 수 있는 대로 물건을 선반 위 높은 곳에 얹었습니다.

아들만 둘인 수호 아빠는 자기네는 중요한 물건과 이불 보따리를 챙겼다고 합니다. 아빠가 이불 보따리 위에 큰아들을 지고 중요한 물건을 들고 갈 거랍니다. 엄마는 작은아들을 업고 비상 양식을 들고 간답니다. '아들딸 구별 말고 둘만 낳아 잘 키우자' 하던 시절이었습니다. 수호 아빠는 역시 아이를 둘만 낳은 게 아주 현명한 일이라고 합니다. 6남매나 둔 소영이네는 할머니가 낮에 아이들을 데리고 미리 살구실(지명) 집으로 피난을 가셨다고 합니다. 집집에 자가용이 없어서 다들 걸어 다니던 세월이었습니다.

우리 집은 아이가 셋이니 아무리 보따리를 챙겨도 무엇을 가져갈 수 없습니다. 남편이 큰아들을 업고 막내딸을 안고 가기로 했습니다. 나는 큰딸을 업고 앨범과 집문서와 통장과 돈이 든 가방을 들고 가기로 했습니다. 수호네처럼 비상 양식도 이불도 가져갈 수 없습니다. 남편이 "뭔 놈의 여편네가 닭장의 닭 알 낳듯이 해마다 애를 낳아서 피난도 못 가게 생겼다"고 소리칩니다. 남편은 큰 강이 없는 제천 고암리 출신이라 낮에 평창강이 차오른 걸 보고 와서 더 겁먹은 것 같습니다.

어른들은 시루목 고개에 물이 넘치는지 줄지어 망을 봅니다. 여름이지만 밤공기는 썰렁해서 이불이 없으면 곤란할 것 같습니다. 다행히 시루목 고개에 물이 넘치지 않아 모두 다 짐을 풀었습니다. 다음 날 오랜만에 날씨가 활짝 개었습니다. 세상을 집어삼킬 듯이 사납던 날씨는 언제 그랬냐는 듯 잠잠해지고 눈부신 해가 비춥니다. 사람들은 오랜만에 마당을 쓸면서 어제 시루목 고개에 물이 넘치지 않아 다행이라고 합니다.

수마는 세상을 할퀴고 많은 슬픔을 남겼습니다. 친정 동네에서 스무 살도 안 된 남자애 셋이 강가에서 물 구경을 하다가 한 아이가 서 있는 발밑이 뚝 떨어져 흙탕물에 휩쓸려 떠내려갔답니다. 너무 기막혀서 이웃 사람들도 할 말을 잃었습니다.

학교에 간 막내 여동생이 울면서 왔습니다. 왜 우느냐고 물어도 너무 서럽게 울면서 대답을 못합니다. 막냇동생에겐 예쁜 친구가 있었습니다. 얼굴도 예쁘게 생겼는데 목소리는 더 예뻤습니다. "너는 이다음에 아나운서를 해라" 하니, 학교 선생님도 그런 말씀을 하신다고 합니다. 아이가 아주 밝고 예뻐서 어렵게 사는 줄 몰랐습니다. 그 친구는 할머니랑 둘이 산 밑 오두막 집에서 살았답니다. 할머니가 엄격해서 절대 다른 데서 자는 것을 허락하지 않았다고 합니다. 그 밤에 숙제 때문에 친구네 집에 갔다가 비가 와도 굳이 늦게 집으로 돌아왔다고 합니다. 할머니와 같이 자는데 산사태가 나서 손녀 자는 자리까지만 쓸고 지나갔답니다. 날이 밝아 찾아보니 마을 끝까지 떠내려가 흙더미 아래 발이 보여서 끌어내니 그 친구였답니다.

약수국민학교 아저씨는 얼굴이 상처투성이가 되어 절름거리며 왔습니다. 산사태로 흙더미가 집을 덮쳤는데, 아내와 큰딸은 살아 나오고 자기는 떠내려가다 나뭇가지에 걸려 살아났는데 막내딸은 주검도 찾지 못했답니다. 가끔 장날이면 보던 순박하고 맑은 아저씨 가족은 우리와는 친척 같은 사이였습니다. 아저씨가 울면서 하는 이야기를 같이 울면서 들었습니다. 뭐라 위로할 말이 없습니다. 세상에 무슨 말이 위로가 되겠습니까. 그냥 남은 가족 입으라고 옷을 사드리고 우선 한 상을 차릴 만큼의 그릇과 양은솥, 큰 냄비, 작은 냄비를 사서 주며 힘내시라고, 남편이 아저씨를 버스부까지 모셔다드렸습니다.

살구실 산비탈에 서른세 살 생일 선물로 받은 조그만 원두
충밭이 있습니다. 남편이 정성을 다해 가꾸던 밭입니다. 장마가
지난 뒤 잠깐 가보기로 했습니다. 밭 가운데 제일 실하고 좋은
부분을 산사태가 쓸고 지나갔습니다. 세상 어떤 슬픈 소식보다
가슴이 싸하고 저렸습니다. 남의 죽음이 내 고뿔(감기)만 못하
다는 속담이 실감 나는 순간이었습니다. 그래도 나는 평소 정이
있는 사람이라고 자부하며 살았는데, 원두충밭을 보자마자 그
것은 순간적으로 지나가는 생각이었습니다. 세상 어떤 슬픈 사
건보다 내 손해를 가장 슬프고 가슴 저려 하는 속물스러운 나
를 보았습니다.

벽을 문이라고
밀고 나간
분옥이

겨울엔 엿을 고아 팔고
여름엔 집에 없는 건
사서라도 팔다

국민학생 시절 분옥이는 결석 대장인 나보다 결석을 더 많이 했습니다. 나는 언나 보느라고 날씨 좋은 날은 결석하고 비 오는 날만 학교에 갔습니다. 분옥이는 날씨 좋은 날은 나물을 뜯고 장날이면 나물을 팔러 가느라고 학교에 가지 않았습니다. 비 오는 날은 왠지 비를 맞으며 학교에 가면 청승스러워서 학교에 가기 싫다고 했습니다.

분옥이는 아주 이른 봄부터 나물을 뜯어 나릅니다. 겨우 양지 쪽에서 자라는 꽃다지나 조팝나물, 콩나물(이른 봄밭에서 나는 콩나물처럼 생긴 나물) 같은 흙내 나는 밭풀부터 열심히 뜯어다 팝니다. 눈도 녹기 전 양지 쪽 아주 특별히 아늑하고 따뜻한 곳에 일찍 돋아나는 나물이 있습니다. 분옥이는 뇌운리 본말부터 어두니골 앞강까지 어느 곳에 어떤 나물이 일찍 돋아나는지 다 압니다. 높은 벼랑 위에 일찍 돋아나는 며느리취(금낭화) 한 포기도 놓치지 않고 아슬아슬하게 매달려 뜯습니다. 어느 바위 밑 일찍 돋아나는 나물 한 포기, 돌담 속에 돋아나는 원추리 한 포기도 놓치지 않고 뜯으러 다닙니다. 분옥이는 즈네(자기네) 동네에서 아시네(지명) 밭으로 강변 따라 어두니골 앞강까지 와서 나물을 뜯어갑니다.

나흘 동안 열심히 뜯어 모은 나물은 장날이면 삶아서 조그만 함지박에 이고 팔러 갑니다. 분옥이는 키도 보통 아이들보다 작습니다. 어떻게 그렇게 용감한지 혼자서 장을 향해가는 것이 신기했습니다. 우리 어머니는 팔러 가는 아나, 팔러 보내는 어미나 똑같다고 했습니다. 분옥이 어머니, 아버지와 우리 어머니, 아버지는 친한 친구 사이입니다.

우리 어머니는 나물은 아가 뜯어오더라도 파는 것은 어미가 하지 그러느냐고 했습니다. 분옥이 어머니는 무슨 소리를 하느냐고, 아가 촌구석에서 뭘 보고 자라겠느냐고 했습니다. 그래도 장날마다 나물을 팔러 다니면 아가 보고 배우는 게 많지 않겠냐고 했습니다. 아가 약으로라고 장날에 나물 팔러 보낸답니다. 분옥이 어머니는 시집오기 전에 시장 한 번 가본 일이 없었답니다. 지금도 장을 다니기는 하지만 주변머리가 없어서 사람들을 만나면 입이 잘 떨어지지 않는다고 합니다.

영 배움에는 취미가 없던 분옥이는 4학년 여름방학이 끝나자 다시는 학교에서 볼 수 없었습니다. 장날이면 나물 팔러 가는 분옥이만 볼 수 있었습니다. 그러다 훗날 밥술이나 먹고 양반이라 자부하고 사는 어느 집 맏며느리로 일찍 시집갔습니다.

내가 결혼한 뒤 평창으로 이사 와서 사고파는 걸 할 줄 몰라 쩔쩔매고 살 때였습니다. 시장 바닥에서 얼갈이 무를 파는 분옥이를 만났습니다. 분옥이는 세상에 없는 진귀한 물건을 파는 것처럼 말합니다. 자기네는 비료도 많이 주지 않고 순 퇴비로 키웠다고 말합니다. 어떻게 먹으면 맛있는지 먹는 방법도 이야기합니다. 청산유수라고 하더니 분옥이는 더듬지도 않고 잘도 말합니다. 나물을 팔러 다니던 어린 분옥이는 아주 능숙한 장사꾼이 돼 있었습니다.

평창 시장에서 분옥이의 엿은 유명합니다. 옥수수가 많이 나는 지역이라서 겨울이면 집집이 엿을 고아다 팝니다. 분옥이는 다른 사람들보다 많은 양의 엿을 가지고 옵니다. 엿을 깰 수 있는 작은 끌 같은 도구도 가지고 다닙니다. 시장 바닥에 자리를 잡으면 우선 맛보기 엿부터 준비합니다. 아낌없이 엿 한 반 대기를 작은 끌로 툭툭 쳐 깨서 놓고 지나가는 사람마다 엿을 드시라고 권합니다. 맛보기 엿이라고 작은 조각이 아니라 입에 집어 넣으면 제법 볼이 불어날 정도로 후하게 조각을 냈습니다. 사람들은 엿을 우물거리며 시장을 돌아다니다가 엿을 살 거면 분옥이의 엿을 사갑니다. 분옥이는 자기 엿은 면경(손거울) 알 같다고 얼굴을 비춰보라고 사람들을 불러 모읍니다. 어떻든 물건이 다 팔릴 때까지 자기 물건이 최고라고 잠시도 입을 쉬는 법이 없습니다. 수단 좋은 분옥이는 단골이 많습니다.

　장을 담글 철이 되면 조청도 분옥이한테 맞추는 사람이 많습니다. 나는 친정에서 장을 담글 때면 조청을 얻는데 분량이 좀 적어서 분옥이한테 조금만 더 사기로 했습니다. 분옥이는 장날도 아니고 무싯날(장이 서지 않는 날)인데 이른 아침 조청 배달을 왔습니다. 장날에 갖다주면 되지 바쁜데 왔냐고 했습니다. 분옥이는 오늘 조청을 갖다달라는 집이 여럿 있어서 왔다고 합니다.

　아침을 먹고 가라고 붙들었습니다. 오랜만에 분옥이가 살아온 이야기를 들었습니다. 시집은 논이 아주 많은 부자라고 소문이 났답니다. 자기는 논이 없는 산골짝에서 강냉이밥 먹는 게 싫어서 시집가면 쌀밥만 먹겠다고 내심 좋았답니다. 막상 시집와서 보니 논 몇 마지기에 산비탈 밭이 전부여서 간당간당하게 겨우 밥 먹고 사는 집이었답니다. 촌부자는 일부자지 좀 산다 하는 집도 넉넉한 살림은 다들 아니었습니다. 분옥이 신랑도 국민학교를 나오고 한문을 좀 배운 것이 전부입니다. 시할아버지에 시동생이 둘, 시누이가 둘이었습니다. 시아버지나 신랑이나 다들 순하기만 해서 제 털 빼서 제 구멍에 박는 답답한 사람이었답니다. 시어머니는 시장도 안 가고 집 안에만 곱게 계셨답니다.

어떻게 살아야 하나 난감해 잠이 오지 않았다고 합니다. 친정어머니는 수단은 없었지만 살림은 야무지게 하는 분이셔서 독하게 일을 가르쳐줬습니다. 그때는 혼자 두부도 만들고 엿도 고면서 어머니가 많이 야속스러웠다고 합니다.

초가을에 시집와서 그해 겨울에 엿장수로 나섰답니다. 양반이고 한학자인 시할아버지는 어린것이 집안 망신시킨다고 노발대발하셨답니다. 하루 이틀 생각한 게 아니기 때문에 벽을 문이라고 여기며 밀고 나가기로 했답니다. 겨울에는 엿을 고아서 팔고 여름에는 나물이며 집에 없는 건 사서라도 팔았답니다. 식구들이 놀지 못하게 없는 소와 배냇돼지(주인과 나눠 갖기로 하고 기르는 돼지)도 얻어다 키우면서 억척을 떨었답니다. 그렇게 억척 떨고 살아서 시누이와 시동생을 다 고등학교까지 뒷바라지할 수 있었답니다. 살림하면서 짜고짜고(아끼고) 모아 땅도 늘렸답니다.

"팔자 좋은 너는 고생이 무엇인지 모를 거여" 합니다. 나같이 고생하고 사는 사람이 어디 있겠나 생각할 때가 많았습니다. 사람들을 만나고 보면 나는 입도 못 벌릴 정도로 고생한 이야기를 전해줍니다. 그런 이야기를 듣고는 감히 내 처지를 불평할 수 없게 됐습니다.

유치원 다니는
아들도
신문 배달

신문 보다가 하게 된
신문지국, 기관장 아들들이
신문 돌리겠다며 찾아오다

1970년대 강원도 평창군 평창읍에서 문구도 파는 서점을 운영
하던 우리 집은 〈경향신문〉, 〈동아일보〉, 〈조선일보〉 세 가지
신문을 보았습니다. 워낙 좁은 바닥이다 보니 신문 지국장들은
우리 집 사무용품을 쓰는 단골입니다. 친하다고 신문을 봐달라
는데 거절할 수 없었습니다. 한 달 신문 구독료가 만만치 않았
습니다.

　〈경향신문〉 지국장이 친절하게 매일 찾아오더니 어느 날
남편이 〈경향신문〉 지국을 넘겨받았답니다. 우리 집이 신문 지

국을 시작하니 우리와 친한 사람들은 보던 신문을 끊고 우리가 하는 신문으로 바꿔봤습니다. 좁은 바닥에서 경쟁한다는 게 많이 미안했습니다. 신문 지국을 하면서도 보던 신문을 끊지 못하고 그대로 봤습니다.

일일공부를 할 때 고용한 일 잘하던 아가씨가 결혼해 가까운 곳에 살았습니다. 우리가 신문 지국을 차렸다는 소식을 듣고, 아직 결혼 초라 심심하니 자기를 써달라고 찾아왔습니다. 마땅히 관리할 사람이 없어 근심했는데 잘된 일이었습니다. 이제 새댁이 된 아가씨는 수단이 더 좋아졌습니다. 신문을 돌리는 아이들도 잘 구해왔습니다. 그 어려운 판촉도 곧잘 합니다. 시집 쪽으로 아는 사람이 많아 신문 구독자를 많이 늘렸습니다.

신문 지국이 잘된다 해도 별로 남는 게 없고 겨우 현상 유지만 하는 정도입니다. 하루는 〈동아일보〉 지국 아이들과 〈경향신문〉을 돌리는 아이들 사이에 싸움이 벌어졌습니다. 평소 〈동아일보〉를 돌리는 아이가 판촉하려고 많이 공들인 집이 있었는데, 〈경향신문〉 돌리는 아이가 재빠르게 〈경향신문〉을 넣었다고 합니다. "이 새끼, 내가 한 부라도 늘려 학비에 보태려고 했는데 그걸 가로챘다"고 많이 화나 있었습니다. 자칫 신문 한 부 때문에 어른 싸움이 될 수도 있겠구나 싶었습니다.

그러던 어느 날, 남편은 〈동아일보〉 지국도 넘겨받았다고 합니다. 복잡하기만 하고 별로 이득이 남지 않는 신문 지국을 또 하느냐고 했습니다. 남편은 "아니여, 두 개를 하면 서로 다툴 일도 없고 열심히 하기만 하면 돈이 벌릴 거여" 했습니다. 통장을 신문별로 따로따로 만들다 보니 통장 개수만 점점 늘었습니다. 많은 돈은 아니지만 은행을 뻔질나게 드나들게 됐습니다.

어쩐 일인지 모르지만 남편은 얼마 안 있어 〈조선일보〉 지국도 맡았습니다. 신문 돌리는 아이를 많이 써야 하는데, 아이들 구하는 일이 쉽지 않았습니다. 학비를 벌겠다고 작심하고 나선 아이 말고는 신문 배달원이 자주 바뀌었습니다. 아무 연락도 없이 하기 싫으면 안 나오는 아이가 생겼습니다. 그럴 때면 유치원 다니는 아들에게 가까운 곳 열 집을 돌리게 하고 나도 신문 배달에 나섰습니다.

한때 아이들 사이에 신문 돌리는 일이 유행처럼 됐습니다. 각 기관장 아들들이 돌아가며 신문을 돌리기도 했습니다. 무언가 사회 체험을 해보고 싶은데 할 만한 일이 없어서 신문을 돌려보기로 했답니다. 처음 할 때는 어렵게 부모님 허락을 받았으니 1년 동안 열심히 일할 거라고 각오가 대단합니다. 하지만 석 달을 넘기지 못합니다. 기록을 세운 아이가 넉 달 했습니다. 어른들이 야무지게 사는 집 아이들은 책임감이 강했습니다. 하다가 그만두면 벌써 후임을 정해 구독하는 집을 다 파악시켜 인수인계를 분명히 해줬습니다.

어느 날 남편은 "누가 오동나무밭을 사라는데 사볼까?" 했습니다. "지금 돈이 어디 있어서 오동나무밭을 사나. 무리니까 한두 해 더 돈을 모아서 사자"고 했습니다. 남편이 "나도 그냥 할 소리가 없어서 지나가는 소리로 해봤어" 합니다.

며칠이 지나 남편이 오동나무밭을 구경 가자고 합니다. 살구실 산비탈에 있는 오동나무밭이었습니다. 돈이 어디 있어 샀냐고 하니 통장을 탈탈 긁어서 샀답니다. 신문 지국을 세 개나 하는데 그래도 뭔가 자취를 남겨야 하지 않겠냐고 했습니다. 오동나무는 아름드리는 아니라도 품 안에 쏙 들어올 만큼 컸습니다. 오동나무를 키워서 당신에게도 오동나무 장을 해주고, 딸이 둘이나 되는데 오동나무 장을 해서 시집보낸답니다. 며느리를 데려올 때도 오동나무 장을 해줘서 데려올 거랍니다.

돈이 문제지 나쁠 것은 없었습니다. 월말이 되니 마감할 돈이 없습니다. 나보고 돈이 좀 없냐고 묻습니다. 내가 돈이 어디 있냐고 하니, 남의 집 여자는 딴 주머니도 잘 찬다던데 돈 좀 꼬불쳐뒀다 비상시에 쓰면 얼마나 좋냐고 합니다. 그러는 자기는 돈 좀 꼬불쳐뒀다가 쓰면 안 되나, 무슨 할 말이 그렇게 많냐고 소리치고 싸웠습니다.

결국 여기저기서 돈을 빌려 마감했습니다. 몇 달을 두고 갚아야 했습니다. 신문 지국을 한 2년 하니 그만두고 싶어졌습니다. 정리하고 싶은데 선뜻 신문 지국을 하겠다고 나서는 사람이 없었습니다. 지국을 관리해주던 새댁이 자기가 맡아서 해보고 싶다고 합니다. 우리가 받을 때보다 좋은 조건으로 새댁한테 넘겨줬습니다. 신문 지국을 정리하면서 신문마다 만든 통장에서 알뜰히 돈을 찾은 뒤 다 폐기 처분했습니다. 많은 아이로 북적대다가 조용하니 집이 아주 한가해졌습니다. 가게 보다가 틈틈이 집안일을 할 수 있어서 좋았습니다.

신문 지국을 정리하고 한 달이나 지나서였습니다. 서랍을 정리하다가 〈경향신문〉 통장 하나가 나왔습니다. 펼쳐보니 꽤 많은 돈이 들었습니다. 가슴이 쿵쿵 뛰었습니다. 여러 통장을 쓰다 보니 잊어버리고 다시 통장을 만들었던 것 같습니다. 이 돈은 남편 몰래 내 비자금으로 쓰기로 마음먹었습니다. 결혼하고 처음 비자금이 생기니 아주 기분이 좋았습니다. 한 일주일을 입 닫고 혼자 행복을 누리며 살았습니다.

일주일이 지나니 자꾸 입이 근질거렸습니다. 남편한테 자기는 돈이 얼마가 있으면 무엇을 하겠냐고 물었습니다. 남편은 돈이 있으면 쓸 데가 없겠냐고 했습니다. 다음 날 내가 또 물어보니, 왜 자꾸 물어보냐고 돈이 있냐고 했습니다. 돈이 있기는 어디 있냐고, 돈이 없으니 그냥 답답해서 해보는 소리라고 했습니다. 자꾸 물어보니 남편이 눈치채고 돈이 있구나, 돈이 있으면 이실직고하랍니다. 결국 비자금을 챙기지 못하고 통장을 내놓고 말았습니다. 그 돈은 오동나무밭을 살 때 빌린 돈의 남은 액수를 갚을 정도였습니다. 그날로 돈을 찾아 빚을 갚았습니다. 빚을 다 갚고 나니 그래도 신문 지국을 한 보람이 있었습니다.

그때 그 오동나무밭은 언제인지 급할 때 팔아 지금은 남아있지 않고, 우리는 그 뒤에도 어려울 때마다 비자금도 챙길 줄 모른다고 서로 나무라며 살고 있습니다.

"괜히 산다고
하다가 못 사면
창피하다"

시부모 집 땅값을
마련하기 위해
백방으로 뛰다

살림을 시작하고 정신없이 달려왔습니다. 항상 넉넉지 못한 살
림에 땅을 사고 집을 사느라 짜고짜고 살았습니다. 땅 사고 집
살 때 돈이 있어서 사는 것이 아니라 물건값의 3분의 1만 있으
면 빚내서 샀습니다. 이자 갚고 원금을 갚기까지 아이들 간식은
커녕 우윳값까지 아껴야 했습니다.

그래도 고생한 보람이 있어 이층집을 지으려 마음먹고 관
급 철근과 시멘트를 신청했습니다. 면사무소를 통해 사는 건축
자재는 시중 가격보다 월등히 쌌습니다. 이층집 지을 꿈을 꾸며

행복했습니다.

그런데 제천 시가에서 연락이 왔습니다. 군유지에 집을 짓고 살았는데, 군에서 땅을 개인에게 불하한답니다. 3개월 내로 땅값을 내지 않으면 우선해서 불하를 받을 권리가 사라진답니다. 누군가 싸게 나온 군유지를 사버리면 시댁 식구들은 그대로 쫓겨나게 됩니다. 그 집은 남편이 열아홉 살에 직접 설계해 친구들과 벽돌을 찍어서 지은 겁니다. 크지는 않았지만 아담하게 살 만한 집이었습니다.

한 3,000평 되는 밭 한쪽에 200평쯤 터를 넓게 잡아 집을 지었습니다. 집 주위에 대추나무도 있고 향나무도 여러 그루 심어 시시때때로 전지해 모양 있게 키웠습니다. 집 마당 한쪽으로 맑은 지하수가 펑펑 나오는 펌프가 있고 시어머니가 사랑하는 장독대가 정겨움을 더했습니다. 시아버지는 농사는 뒷전이고 꽃을 좋아하셔서 마당을 꽃동산처럼 가꾸었습니다. 여름이면 어디선가 매일 새로운 종의 꽃을 구해다 심었습니다. 뒤꼍에 커다란 산사나무 한 그루가 있었습니다. 가을이면 서리 맞은 빨간 열매를 약이 된다고 많이 따 먹었습니다.

집부터 짓고 축사나 화장실은 길에서 안 보이는 뒤쪽에 지어서 농삿집 같아 보이지 않았습니다. 시아버지와 시어머니, 어린 시누이 둘과 시동생, 다섯 명의 행복한 보금자리입니다. 우리는 가끔 아이들과 같이 가서 쉼을 누리는 집이었습니다.

집터를 사지 못하면 쫓겨나게 생겼는데, 아무런 대책을 마련할 수 없었습니다. 시아버지는 항상 술에 취해 사셨습니다. 소식을 듣고 태산이 무너질 것 같아 찾아갔을 때 시아버지께서 술을 많이 드시고 "너 걱정하지 마라. 설마 산 입에 거미줄 치랴" 말씀하셨습니다. 남편이 어떻게든 땅을 사려고 해봐야지 술만 드시면 어떻게 하느냐고 했습니다. 시아버지는 "돈이 어디서 나나. 괜히 산다고 하다가 못 사면 창피하기만 하다" 하셨습니다. 남편과 나는 완전히 낙심해 집으로 돌아왔을 때는 몸이 많이 아팠습니다. 이제껏 살아온 터전을 잃을 순 없는 일입니다.

애써 일궈낸 가게와 집을 모두 팔기로 했습니다. 평창에 있는 모든 걸 팔아 제천 집을 살리기로 작정했습니다. 논 열다섯 마지기는 농사짓는 동생 보고 사라고 했습니다. 동생도 땅을 산 지 얼마 되지 않아서 돈이 없답니다. 남편은 돈을 구하러 여기저기 다녔습니다. 저녁때가 되면 목덜미서부터 얼굴이 시뻘게져서 들어와 문지방에 발을 걸치고 그대로 쓰러졌습니다. 마른 사람한테 생기는 신경성 고혈압이랍니다. 저렇게 애쓰다 사람이 잘못될까봐 은근히 걱정됐습니다. 당분간은 제천 집에서 시댁 식구 다섯, 우리 식구 다섯, 열 식구가 다 모여 살면서 다시 생각해보기로 했습니다. 그런데 조급한 것은 나지, 내 맘대로 짧은 시간에 집이 팔리는 건 아니었습니다.

　사람이 급해지니 염치도 없어졌습니다. 돈 없다는 동생한테 자꾸만 논을 사라고 졸랐습니다. 너는 땅이 많으니 논도 사고 돈도 어디서 구해서라도 달라고 했습니다. 우리 집은 가족이 많은데 제천 집을 못 사면 떼거지 나게 생겼다고 떼쓰다시피 했습니다. 돈은 구하지도 못했는데 약속된 시간은 보름밖에 남지 않았습니다. 내가 하도 애쓰니 동생이 논은 살 수가 없다며 빚내서 돈을 빌려줬습니다. 큰올케한테도 돈을 빌렸습니다.

　집을 지으려고 신청했던 시멘트와 철근을 다 취소했습니다. 평창 집을 급하게 팔려고 하니 터무니없이 싸게 사려고 합니다. 집을 담보로 대출을 받을 수 있었습니다. 약속된 날이 다 됐습니다. 돈을 마련하기 위해 애썼지만 집터와 딸린 밭 가격밖에 구할 수 없었습니다. 집에서 좀 떨어진 곳에 있는 밭 한 뙈기는 결국 포기하기로 했습니다. 남편은 그만해도 다행이고 감사한 일이라며 제천 집에 들러서 서류 하나를 챙겨 군청으로 가려고 집을 나섰습니다.

　남편은 저녁에 오른손 전체를 붕대로 감은 채 돌아왔습니다. 평창에서 제천까지 가다 보니 마감 두 시간 전에 군청에 도착하게 되더랍니다. 미리 송학면에 가서 필요한 서류 하나만 떼어달라고 시아버지께 부탁했답니다. 시아버지는 술에 취하셔서 "산다고 하다 못 사면 창피하기만 하다"며 서류를 떼어다놓지 않으셨답니다.

급하게 택시를 타고 송학면까지 가서 서류를 떼고 다시 군청으로 와 택시에서 내리다가 문짝에 오른손이 끼여 손등 전부가 찢어졌답니다. 피가 철철 흘렀답니다. 병원에 갈 시간이 없어 러닝셔츠를 벗어 동여매고 가서 겨우 계약할 수 있었답니다.

난감하고 깜깜했던 3개월을 잘 버티고 제천 집 구출 작전에 성공했습니다. 등기장이 나온 날 이 땅을 샀다고 등기를 보여드렸더니 어머니가 "둘째 아들 앞으로 등기를 해주지 네 앞으로 했냐"고 하시더랍니다.

한 달은 왜 그리 빨리 오는지 이자가 만만치 않습니다. 아무리 애쓰고 동동거려도 월말이면 물건값 주고, 이자 내기가 힘에 겹습니다. 마음도 몸도 많이 지쳐갑니다. 제천 땅 일부를 잘라 팔아 빚을 갚기로 했습니다. 땅을 파는 일도 쉽지 않았습니다. 제천을 여러 번 왔다 갔다 해야 했습니다. 땅을 살 사람이 있다고 해서 갔더니 팔려면 전부 다 팔라고 합니다. 조금 사서 뭣에 쓰겠냐고 합니다. 거의 1년이 다 돼서, 작은 땅을 사고 싶어 하는 사람이 있어 땅이 팔렸습니다. 우리가 땅을 살 때는 고시 가격으로 싸게 샀습니다. 그동안 땅값이 많이 올랐습니다. 빚을 갚고 오랜만에 평화가 찾아왔습니다.

좋은 씨앗이
있다는
소리만 들으면

언제 들어올지 모르던
조생통일벼를
한발 앞서 재배한 남동생

오직 농사에만 관심이 있었던 남동생 이야기를 하려 합니다. 남동생은 오직 농사짓기 위해 태어난 사람처럼 밤낮을 가리지 않고 일했습니다. 잠도 안 자고 어떻게 하면 농사를 잘 지을까 늘 연구하고 열심을 다했습니다.

　그 집은 농한기도 없이 바빴습니다. 겨울이면 상에다 콩을 깔아놓고 제일 크고 잘생긴 알을 고릅니다. 강냉이고 팥이고 가마니를 다 뒤집어가며 우량종을 골라놓습니다. 낮에는 열심히 일하고 밤에는 고르느라 끄떡끄떡 졸다가 상에다 이마를 찧기도 합니다. 콩알을 쥐고 상 앞에서 쓰러져 자다가 큰일이 난 것처럼 깜짝 놀라 일어나 또 고릅니다. 거름을 마련하느라고 마구간도 돼지우리도 매일 짚을 깔아줍니다. 동생의 노력이 헛되지 않아 모든 곡식이 탐스럽고 별난 종으로 보이게 됐습니다.

어떻게 이렇게 농사를 잘 짓느냐고 사람들은 묻습니다. 동생은 농담으로 어디든지 좋은 씨앗이 있다는 소리만 들으면 멀리라도 가서 두 배의 돈을 주고 구해다 심었다고 합니다. 사람들은 가을이면 씨앗을 바꾸러 옵니다. 동생의 콩 한 말을 자기네 콩 두 말을 갖고 와서 바꾸기도 합니다.

남동생은 잠시 만나도 씨앗 얘기를 합니다. 어느 날은 이런 이야기를 해줍니다. 정부가 필리핀에 있는 국제미작연구소에서 통일볍씨를 들여왔답니다. 혹시 씨앗을 실은 비행기가 테러당할까봐 공군 비행기가 양쪽에서 에스코트하고 들여왔답니다. 필리핀에서 삼모작하던 볍씨를 우리나라에서는 일모작만 해야 해서 연구한 결과 만생종(같은 작물 가운데서 다른 것보다 늦게 성숙하는 품종) 통일볍씨가 만들어졌답니다. 그런데 우리나라 기후에 맞지 않았습니다. 다시 필리핀으로 가서 우리나라 기후에 맞는 조생종(일찍 성숙하는 품종) 통일볍씨를 만들었답니다. 조생종 통일볍씨를 구하는 게 소원이라고 만나기만 하면 이야기했습니다.

하루는 해가 다 졌는데 남동생이 왔습니다. 평창읍 중리 노성산 밑에 사는 최 부잣집 어르신이 조생종 통일볍씨를 구해왔다는 소문이 있으니 매형이 같이 가달라고 했습니다. 그 집 아들이 경기도 수원 농장에 연구원으로 있어서 신종 볍씨를 구했다는 소문이 있답니다. 동생은 어디서 듣는지 정보가 빨랐습니다. 서둘러 저녁을 먹고 정종 한 됫병을 샀습니다. 돼지고기도 한 근 사다 안주를 만들었습니다. 술만 갖고 가서 그 집을 번거롭게 해서는 안 된다고 했습니다. 어두컴컴한 밤에 두 사람은 멋쩍은 마음을 누르고 '어르신, 계세요 계세요' 불렀답니다. 어르신은 무척 의아해하셨지만 들어오라고 하셨답니다.

동생과 남편은 넙죽 절하고 갖고 간 정종을 따라 올렸답니다. 얘기를 들은 어르신은 자기네도 얼마 안 되지만 농사지으려는 젊은 사람의 성의가 놀라우니 조금만 나눠주겠다고 했답니다. '누구야 누구야' 손주딸을 불러 호롱불을 준비하라고 하셨습니다. 어르신이 곳간으로 따라오라고 하셨습니다.

손주딸이 호롱불을 비추고 어르신은 작은 버럭지(그릇)에 담가놓은 볍씨를 한 움큼 건져 올렸습니다. 동생과 남편은 큰 비닐봉지를 양쪽에서 잡고 기다렸습니다. 어르신은 볍씨 한 움큼을 비닐봉지에 담아주고 다시 허리를 숙였습니다. 더 주는 줄 알고 기다렸는데 어르신은 손을 헹구고 일어섰습니다. 동생은 물에서 건진 볍씨 한 홉을 들고 세상을 다 얻은 것처럼 좋아했습니다. 아직 아무도 조생통일벼 이름도 몰라서 농민들 손에 볍씨가 들어오기까지 얼마나 시간이 걸릴지 모르는데 자기는 한 발 앞서서 재배해보면 많은 소득을 얻을 거라고 좋아했습니다.

동생은 마냥 행복해하며 그 밤에 옥고개재를 걸어서 집으로 갔습니다. 조생종 통일볍씨 한 줌은 못자리 한쪽에 뿌렸는데 냉해를 받아서 누리끼리한 게 잘 자라지 않았답니다. 아무도 못 보게 집 가까운 논 한가운데 옮겨 심었답니다. 가을이 되니 벼 이삭이 보통 벼 이삭보다 배는 더 컸습니다. 멋지게 고개를 척 숙인 게 아주 멋있었습니다. 우량종 가운데 우량종이었습니다. 벼 이삭을 보면 가슴이 쿵쿵 뛰었답니다. 한 줌의 볍씨를 심었는데 두 말이 넘게 수확할 수 있었습니다. 다음 해는 이른 봄 농촌진흥원에 씨앗을 구하러 갔답니다. 재배 기술도 가르쳐달라고 했답니다.

나이 많은 허만호 국장님이 자네 같은 사람이 애국자라고 등을 토닥이면서 신종 볍씨는 다 심고 지금 밥식(밥그릇) 하나 담아놓은 게 남았다며 주었답니다. 여전히 못자리는 재래종처럼 싱싱하지 않고 누리끼리하게 자라더랍니다. 동네 사람들은 "전찬기(동생 이름)가 올해 농사를 망쳤다"고 비웃었답니다. 동생은 누가 뭐래도 심어본 경험이 있어서 별로 걱정하지 않았습니다. 못자리를 처음 시작할 때는 날씨가 좀 쌀쌀하지만 모를 심고 나면 따뜻해져 벼가 잘 자랐습니다. 어른 장뼘이 넘는 벼 이삭은 겸손하게 고개를 푹 숙이고 바람이 불면 일렁거리며 황금물결을 만들었습니다. 어디서 보지 못한 풍경입니다.

정부도 아직 시험 재배를 할 때 동생은 조생통일벼 재배에 성공했습니다. 사람들은 어디서 소문만 듣고 신종 통일벼는 처음에는 잘되다가도 수확기가 되면 벼알이 우수수 떨어진다더라며 별의별 소리를 다 합니다. 정말로 벼농사가 다 망했으면 하고 바라는 사람들 같았습니다. 벼알이 떨어지기 전에 남보다 빨리 타작했습니다. 아무리 비웃어도 그해 벼 수확은 대박이 났습니다. 일반 토종벼를 할 때보다 수확이 두 배 넘었습니다.

비웃던 사람들이 볍씨를 바꿔달라고 모여서 왔답니다. 농사지을 때 약 올린 걸 생각하면 안 바꿔주고 싶지만, 재수가 좋아서 먼저 볍씨를 구할 수 있었으니 그냥 바꿔줬답니다. 볍씨를 바꿔주고 농사법도 잘 가르쳐줬답니다.

소나기재 넘어
울며 가는
이삿길

집을 올리며
우리 땅에 기둥 박고
돌변한 동창 때문에
영월로 떠나다

살림을 시작할 때 가게를 세 얻어 시작했습니다. 가게 월세를 낼 때 내 가게를 갖는 것이 소원이었습니다. 내 가게를 갖고 남들처럼 이층집을 짓고 살기 위해 많은 노력을 했지만 꿈은 무산되고 말았습니다. 그동안 모은 돈을 제천 땅을 사는 데 다 썼기에 언제 다시 돈을 모아 집을 지을지 까마득했습니다.

　우리 집을 중심으로 해서 위로 옆집은 평창상회 가정집으로 어른들이 계셔서 든든한 이웃이었습니다. 아래로 옆집은 나와 중학교 동창인 키가 큰 남자아이네 집인데 삼대독자였답니다. 일찍 장가가서 아들딸을 여덟 명이나 두었습니다. 동창댁은 튼튼하고 기운이 세서 시원스럽게 일을 잘했습니다. 그 집 할머니나 동창댁은 자기 집 아들(아이들)뿐만 아니라 남의 집 아들도 좋아했습니다. 우리 아들은 그 집 막내아들과 친구입니다. 조금만 별난 음식이 있으면 서로 나눠 먹습니다. 남자들끼리는 뜨락에 앉아 바둑을 두고 가끔 낚시도 같이 다니는 아주 친한 사이로 지냈습니다.

동창네는 집을 새로 짓지 않고 증축해서 산다고 합니다. 그 집은 가게 평수가 넓었습니다. 우리 집 쪽으로 가게 한 칸은 가건물이었습니다. 집을 증축하면서 가건물도 반듯한 가게로 짓기 위해 전면 기둥을 새로 다 세웠습니다. 그런데 증축하면서 우리 땅으로 60센티미터를 더 들어와 기둥을 세웠습니다. 그래야 자기네 가게가 반듯하게 나온다고 합니다. 전면 60센티미터를 먹고 들어와 기둥을 세우면 뒤로 60미터까지 우리 집 땅을 차지하게 됩니다. 거의 열 평이 되는 면적입니다.

터를 닦을 때부터 그리 하지 말라 했습니다. 아무리 말려도 지금 놀고 있는 우리 땅에 임시로 짓고 살다가 정식 건물을 지을 때 돌려주겠답니다. "그럴 수는 없다. 자식 대까지 싸움 물려줄 일 있나. 지금 새로 측량하고 분명히 하자"고 했습니다. 군청에 두 필지 측량을 신청했습니다. 두 필지 측량비도 우리가 다

냈습니다. 많은 사람이 모여 측량하는 것을 구경했습니다. 측량하니 기둥을 세운 땅을 조금 지나서 여기까지가 경계라고 말뚝을 박아주고 갔습니다.

동창네 사람들이 아주 돌변했습니다. 동창은 끝까지 우리 땅에 세운 기둥을 뽑지 않으려고 새로 정식으로 집을 지을 때까지 사용료를 준다고 합니다. 여러 날 동안 사정을 했습니다. 끝내 안 된다고 하자 동창은 큰 키에 휘청휘청 우리 집 앞을 돌아다니면서 "내가 기둥을 뽑나 봐라. 절대로 나는 기둥을 안 뽑는다"고 소리쳤습니다.

일주일을 버텨도 안 되자 할 수 없이 기둥을 뽑아 자기 땅으로 들여세우는 날, 동창댁이 길길이 뛰면서 욕하기 시작했습니다. 그까짓 꼴난 땅 몇 평 가지고 남 집 짓는 데 방해한다고, 기껏 돈 들여 세운 기둥을 기어코 뽑게 한답니다. 저것들을 갈아 마셔도 시원찮고 간을 꺼내서 잘근잘근 씹어 먹어도 분이 안 풀린다고 했습니다.

동창댁은 이것들을 아주 녹여버리겠다고 날만 밝으면 길에 나서서 갖은 욕을 합니다. 참다 참다 어느 날 마음 독하게 먹고 욕하는 동창댁 앞에 버티고 섰습니다. 내가 꼼짝 않고 여기서 있을 테니 칼 가져와서 네 맘대로 해라, 못하면 너는 사람도 아니라고 소리쳤습니다. 아무리 욕해도 아무 말도 않던 내가 갑자기 소리쳤더니 동창댁은 아무 말도 못하고 들어갔습니다.

다음 날 아침밥을 짓는데 동창댁이 대문을 활짝 열어젖히고 들어왔습니다. 벅(부엌)으로 쑥 들어오더니 이년 칼이 어디 있나 찔러 죽이려고 왔답니다. 휘 둘러봐도 칼이 안 보이자 주먹을 휘두르며 점점 다가왔습니다. 큰일 났습니다. 웬만한 남자도 이겨 먹는다고 소문난 사람입니다. 벅 구석으로 나를 몰아넣고 양팔을 꽉 잡는데 엄청 아팠습니다. 다행히도 떨어진 감자를 밟고 미끄러져서 나를 놓쳤습니다.

동창댁이 미끄러지는 틈을 타서 나는 빠져나올 수 있었습니다. 참으로 야속하고 어이없는 이웃입니다. 우리가 먼저 집을 지었다면 이런 일은 생기지 않았을 겁니다. 참으로 세상살이란 마음먹은 대로 되는 일이 없는 것 같습니다. 아들을 태권도장에 보내고 싶은데 그 집 친구가 하는 도장이고 그 집 아들도 다닙니다. 혹시나 아들을 해코지할까 태권도장에 보내지 못했습니다. 의지하고 살던 큰오빠도 선행상 수기 모집에 대통령상을 받고 승진해서 춘천으로 이사했습니다. 큰오빠네가 없는 평창은 썰렁하고 왠지 나도 자꾸만 떠나고 싶어졌습니다.

남편이 영월에 서적 총판을 내서 이사 가자고 했습니다. 무엇이든 결단력이 빠른 남편은 영월, 평창, 정선, 태백시까지 아우르는 서적 총판을 낸다고 했습니다. 마침 운영하던 학생사도 맡고 싶어 하는 사람이 세 명이나 있어서 가게는 쉽게 넘기고 집은 세를 주고 떠나기로 했습니다.

1학년인 아들은 학교에 친구도 많고 학교생활이 재미있다며 떠나기 싫다고 했습니다. 아들 친구 엄마들도 우리가 이사 가는 걸 많이 섭섭해했습니다. 유치원에 다니는 큰딸도 친구와 헤어지기 싫다고 했습니다. 아들 반 아이들이 모여 사진관에 가서 단체 기념사진을 찍었습니다. 어린 두 딸도 같이 끼여 사진을 찍었습니다.

평창 온 지 7년 만에 떠나게 됐습니다. 그동안 돈은 많이 못 벌었지만 많은 추억과 사연을 쌓았습니다. 평창에 올 때는 아들 하나 데리고 왔는데, 떠날 때는 세상에서 제일 예쁜 메추라기 새끼 같은 딸 둘을 얻어 다섯 식구가 됐습니다.

남편은 이삿짐 트럭을 타고 먼저 가고 나는 아들딸과 버스를 타고 영월로 이사합니다. '평창이여 안녕히 계십시오', '영월입니다 어서 오십시오' 하는 이정표가 보입니다. 평창에 처음 왔을 때 어디 기댈 데 없이 난감했던 날들이 생각납니다. 터무니없이 동창댁한테 욕먹은 것에 억울한 생각이 듭니다. 우리가 떠나는 걸 많이 섭섭해하시던 아버지와 어머니를 두고 가는 것도 목이 멥니다. 참느라고 애쓸수록 눈물이 점점 더 나며 흑흑 소리가 납니다. 입을 틀어막을수록 엉엉 소리가 커지고 울면서 소나기재를 넘어갔습니다.

2부

책을 팔았던
시간,
영월
1979~1983

문구
익숙해지려니
서점 장사

영월 골목길에서
대로변 일송서점으로,
두 번 이사하다

1979년 평창에서 영월로 이사했습니다. 여름방학이 막 시작되면서 국민학교 1학년인 아들과 유치원에 다니던 큰딸을 전학시키고 이사했습니다. 남편은 '노트 쪼가리 팔아서 언제 돈 벌겠나' 입버릇처럼 말했습니다. 아이 셋 데리고 학생사를 운영하느라 서로 이야기할 시간도 별로 없었습니다.

　결단력이 빠른 남편은 정들었던 학생사를 미련 없이 정리하고 영월에 서점을 차렸습니다. 이사 간 '일송서점'은 영월 읍내 골목길 안 조금 외진 곳에 있었습니다. 대로변 좋은 자리를 계약했는데, 그 집 사정상 몇 달 후에야 들어갈 수 있다고 해서 임시로 여기에 자리 잡은 거랍니다.

영월에는 이미 유명한 동아서점도 있었고 문명서점이라는 곳도 있었습니다. 동아서점은 동아출판사에서 나오는 백과사전, 문제집, 전과를 독점으로 판매했습니다. 문명서점에서는 교학사에서 나오는 문제집을 취급했습니다. 우리 서점의 주 품목은 능력개발에서 나온 다달학습, 아이템풀 등 학생들 부교재였습니다.

일송서점이라는 간판이 맘에 들었습니다. 능력개발 본사의 최상민 부장님이 이름을 짓고 직접 간판 글씨도 써주셨답니다. 최 부장님은 사진작가이며 서예협회 회장도 한다고 했습니다. 내 평생 목말라했던 처음 보는 책들이 가득한 게 좋았습니다.

아는 이 하나 없는 낯선 곳인 줄만 알고 이사 갔는데 그곳에는 이종사촌 여동생이 살고 있었습니다. 여동생의 남편은 영월 토박이로 키가 180센티미터 넘는 아주 호남이었습니다. 본업은 사진사인데 이것저것 못하는 것이 없는 팔방미인이라고 합니다. 남편의 고등학교 동창도 아홉 명이나 살고 있어서 외롭지 않았습니다.

아들을 2학기 첫날 영월국민학교에 전학시켰습니다. 학교를 낯설어하면 어떡하나 싶어서 1교시가 끝날 때까지 밖에서 기다리고 있었습니다. 아들은 그새 친구들과 친해져서 쉬는 시간에 잘 놀고 있습니다. 큰딸을 유치원에 입학시키고, 막내딸은 언니를 따라 유치원 청강생으로 갔습니다. 유치원이 재미있다고 합니다.

어디 사나 바쁘기는 마찬가지입니다. 이사 가서 얼마 지나지 않았는데 또 이사해야 합니다. 이사 가는 집이 멀지 않아서 이사 차를 부를 수가 없어 리어카로 이사합니다. 짐 나르는 아저씨 둘이 자기네가 책임지고 이사해주겠다고 합니다. 이삿짐이란 냉장고 하나만 꺼내도 많은데 서점을 옮기는 건 쉬운 일이 아니었습니다. 한쪽 벽 책장을 먼저 빼서 옮기고 책을 옮겨다 꽂고 또 한쪽 벽 책장을 옮겼습니다. 큰소리치던 아저씨들은 엉성하기가 말이 아니었습니다. 상자에 적당히 담아 잘 묶지도 않고 옮기다 보니 길거리에서 짐이 쏟아질 때도 있고 내릴 때도 둘러엎습니다. 그렇게 엉성하게 하면 어떡하냐고 하니 깨지는 물건도 아닌데 뭔 걱정이냐고 합니다. 할 수 없이 남편이 책을 싸고 묶고 해서 이사했습니다.

큰길가 목 좋은 넓고 큰 가게로 이사하고 나니 확실히 손님이 많아졌습니다. 정신없는 나날이 흘러갑니다. 문구 장사가 익숙해졌는데 업종을 바꾸고 나니 쉬운 일이 아니었습니다. 참고서는 아이들이 달라는 대로 주고 정가대로 가격을 받으면 되는

데 일반 서적은 달랐습니다. 손님들이 오면 책 내용을 물어봅니다. 요즘 잘나가는 책이 무어냐, 신간은 뭐가 있냐 물어봅니다. 손님 몰래 눈치를 보면서 책 뒤표지에 쓰인 추천 글을 빨리빨리 읽고 이야기해줍니다.

어떤 책을 읽을지 추천해달라는 손님도 있습니다. 그럴 때마다 눈치껏 하느라고 힘이 들었습니다. 단행본은 도매상인 송인서적에서 제일 많이 받았습니다. 송인서적의 영월 담당인 송 과장님은 출장을 올 때마다 책에 관한 이런저런 이야기를 많이 해주어서 장사하는 데 많은 도움이 되었습니다.

능력개발 최 부장님이 출장을 온 날입니다. 남편과 둘이 저녁을 먹으러 나갔는데 박정희 대통령이 시해당했다고 뉴스가 나옵니다. 다들 침통한 표정으로 말을 아끼고 집 앞에는 조기를 달았습니다. 식당도 다 문을 닫으라고 했답니다. 식당 앞에서 어떤 사람이 고발할 거라고 고래고래 소리치는 것이 보였습니다. 나중에 들려오는 소문으로는 친한 친구끼리 술 한잔하고 있는데 박 대통령 암살 소식을 듣고 "각본대로 되었다"고 했답니다. 그 사람은 고발당해서 한참 동안 감옥에서 살고 나왔다는 소문이 돌았습니다.

할 수 없이 누추한 우리 살림방으로 최 부장님을 모셨습니다. 최 부장님은 아주 깔끔하고 멋쟁이셨습니다. 오십이 넘었는데 세 살짜리 딸이 하나 있답니다. 세 살 먹은 딸내미 앨범이 세 권이라고 자랑합니다. 우리는 아이가 셋이어서 좋겠다고 부러워합니다. 장래 화가가 꿈인 큰딸의 그림을 보고 이걸 다 사진 찍어서 보관하고 액자도 만들어주지 아무렇게나 굴러다니게 두냐고 합니다.

시장도 다 문을 닫았습니다. 어떻게 서울 손님을 대접해야 할지 막막했습니다. 서점이 정식 이사를 했으니 집들이할까 하고 담근 김치가 있었습니다. 고추 부각을 만들고 호박 한 개가 있어서 막장찌개를 끓였습니다. 배추김치를 옛날 어머니처럼 한 접시 수북이 담아냈습니다. 파김치도 큰 접시에 넉넉히 담았습니다. 총각김치도 한 접시 가득 담았습니다. 왠지 주눅 들어 조금 담기 싫었습니다. 무장아찌도 무쳤습니다. 고추장아찌도 올렸습니다. 고기는 한 점도 없이 완전 시골식으로 한 상 차렸습니다. 남편도 최 부장님은 입맛이 까다롭다고 많이 걱정했습니다.

그런데 밥상을 보자 우선 사진부터 찍습니다. 자기네 어머니가 차린 밥상 같다고 합니다. 생전 처음 김치를 먹어보는 사람같이 김치를 먹습니다. 배추김치 한 접시를 다 비우고 김치를 좀 더 달라고 합니다. 걱정과 달리 그렇게 잘 먹는 손님은 처음입니다. 여관에서 자고 아침 첫차로 가셨습니다.

다음 날 남편은 아침을 먹으며 김치 좀 가져와보라고 합니다. 김치를 먹어보더니 "맛있네" 그럽니다. 남편은 겨울 김장김치는 잘 먹는데 여름 김치는 안 좋아해서 끼니때마다 반찬 걱정을 하고 살았습니다. 그런데 남편이 자기는 까다롭지 않고 아무거나 잘 먹는다고 합니다. 끼니마다 뭘 먹을까 노심초사하고 산 세월이 얼마인지 남편만 모르는 일입니다. 그런데 최 부장님이 김치를 잘 먹고 간 날부터는 남편이 여름 김치도 좋아하게 돼서 반찬 걱정을 덜었습니다.

책 훔치는 아이,
카드 훔치는 숙녀

책 도둑 잡으러
1킬로미터를
뜀박질하다

서점을 시작하고 서점 일이 아직 낯설 때였습니다. 주문한 일도 없는데 하루는 범우사에서 문고판 명작선과 위인전이 두 상자나 왔습니다. 그날도 짐이 와서 무엇인가 풀어봤더니 만화책이었습니다.

만화책을 정리하고 있는데 남자애 여러 명이 떼 지어 들어왔습니다. "아줌마, 책 구경해도 되지요?" 하면서 수선을 떱니다. 책을 보는 척하면서 자꾸만 흘금흘금 눈치를 봅니다. 여러 명이 한 아이를 은근히 감싸고 둘러섭니다. 한 아이가 티셔츠

목을 벌리고 책을 쓱 집어넣었습니다. 책은 티셔츠를 타고 허리 쪽으로 툭 떨어졌습니다. 아이는 얼굴이 빨개져서 도망갔습니다. 다른 아이들도 우르르 도망갔습니다.

며칠 있다 아이 세 명이 들어왔습니다. 제 딴에는 머리도 깎고 옷도 갈아입고 왔는데 요전에 책을 훔치려던 애들이 분명했습니다. "아줌마, 이 만화책 얼마예유?" 자꾸만 이 책 저 책 책값을 물어봅니다. 책 뒤에 정가가 나와 있다고 해도 계속 물어봅니다. 오늘은 아주 작심하고 온 모양입니다. 만화책을 티셔츠 목을 벌리고 배 속으로 쓱 집어넣었습니다. 티셔츠 밑단을 바지 속으로 넣고 허리띠를 단단히 매고 와서 책이 떨어지지 않았습니다. "야야, 그 책 꺼내놔라" 하는데 벌써 문을 열고 도망가는 겁니다.

나도 뛰어 따라갔습니다. "네가 어디까지 뛰어가나 보자. 내가 끝까지 쫓아가서 잡고 말 테다. 정 책이 갖고 싶으면 한 권 달라고 하면 줄 수도 있는데, 어린놈들이 도둑질이라니" 하며 일송서점에서 동강까지 거의 1킬로미터 되는 길을 뛰어서 따라갔습니다.

거의 잡힐 듯 잡힐 듯하며 강가에 다다르자 애들이 여울물을 첨벙첨벙 건너서 갑니다. 동강이 여울물이었으니 망정이지 청령포처럼 깊은 물이 나왔으면 어떡할 뻔했나 싶습니다. 급한 마음에 뛰어들 수도 있지 않았을까 생각하니 아찔한 마음이 듭니다. "이놈들! 내가 얼굴을 다 아는데 꼭 잡을 수도 있지만 한 번만 봐줄 테니 다시는 그런 짓 하지 마라." 등 뒤에 대고 소리쳤습니다. 도둑은 잡지 못했지만 왠지 웃음이 나와 허허허 웃으며 돌아왔습니다.

남편은 가게를 비워두고 어디 갔다 오느냐고 물었습니다. 책 도둑을 잡으러 갔다 오는 길이라고 했더니 힘도 좋다고 했습니다. 내가 애들 뒤를 따라 뛰어가는 걸 본 이웃 사람들이 어떻게 됐느냐고 물었습니다. 강물을 건너 도망갔다고 하니 '닭 쫓던 개 지붕 쳐다보기다, 마라톤 선수였냐, 운동 한번 잘했겠수야~' 하며 놀립니다.

나도 국민학교 때 계주를 뛰어보고 처음으로 먼 거리를 달려봤습니다. 애들이 책이 보고 싶은 걸까, 훔치고 싶은 걸까 궁금해집니다. 애들은 클 때 호기심으로 한번씩 훔쳐보기는 하는데 훤한 대낮에 버젓이 주인이 보는 앞에서 책을 들고 갔으니 도둑이 분명한 것 같기도 합니다. 하긴 책 도둑은 도둑도 아니라던데 제발 호기심에 한 번으로 끝내기를 바랄 수밖에 없었습니다.

영월에서 소문나게 공부 잘하는 아이가 있었습니다. 전국 모의고사에서 강원도 1등을 했다는 연기는 학교가 끝나면 서점에 와서 살다시피 했습니다. 대개 공부를 잘하는 아이들의 로 망이 나중에 서점을 하는 것이었습니다. 자기는 이다음에 서점 을 하면서 보고 싶은 책을 실컷 보고 살겠답니다. 학교가 끝나 면 자칭 점원이라며 서점에 와서 책을 보고 심부름도 해주고 갔습니다.

11월 초가 되니 여기저기서 크리스마스 카드 상자가 매일 화물로 도착했습니다. 한 번도 연락해본 적 없고 주문한 적도 없는데 그냥 물건만 먼저 왔습니다. 상자를 풀어보니 내용인즉 일단 팔고 돈은 나중에 받으러 오겠다는 겁니다. 팔다 남은 건 반품도 받겠답니다. 크리스마스 때가 되니 그렇게 온 카드만 20종이 넘었습니다. 서점 중간의 넓은 진열대를 비우고 카드를 깔아놓았습니다.

카드는 숨기기 좋아 손님이 고르고 있으면 지켜봐야 했습 니다. 겨울방학이 되니 놀러 오는 학생이 많았습니다. 12월 중 순쯤에는 카드를 사러 오는 손님이 많아졌습니다. 손님이 들어 오는 것을 보면 사러 오는 사람인지 구경하러 오는 사람인지 대강 구별됐습니다. 많이 살 사람인지 훔치러 온 사람인지도 구 별됐습니다.

방학에 마땅히 갈 데도 없고 한창 호기심 많은 학생들이 몰 려다닙니다. 서점 방에는 우리 집 단골 학생들이 아침 일찍부터 와서 진을 치고 있습니다. 남편과 둘이 가게를 보다가 손님이 많을 때면 학생들이 나와서 같이 팔아줬습니다. 학생들은 서점 일을 도와주는 대신 마음대로 책을 보고, 점심에는 짜장면을 시켜주면 아주 만족해했습니다. 수상한 학생들이 몰려오면 방에 있던 학생들이 쭉 나와서 지켜보고 카드를 설명해주기도 합니다.

유명하고 멋진 카드가 많았습니다. 정말 예쁘고 탐스러운 카드도 있었습니다. 무명의 작가가 수작업으로 만들었다는 카드가 가장 인기가 좋았습니다. 다른 카드들은 재고가 많이 남았는데 그 카드는 벌써 동났습니다. 다시 주문했는데 물건이 없다고 했습니다.

크리스마스가 가까워오자 할 일 없는 학생들이 카드를 사러 돌아다녔습니다. 어느 가게고 떼 지어 들어가서 정신을 쏙 빼놓았습니다. 아닌 척하고 카드를 주머니에 넣고는 한 장 사는 것처럼 계산합니다. 주머니 속에 있는 카드도 계산하라고 하면 얼굴이 시뻘게져 어쩔 줄 몰라 하며 돈이 모자란다고 꺼내놓습니다. 어떤 학생은 울면서 잘못했다고 용서해달라고 하기도 합니다. 아이들은 아이들이니까 철모르고 그럴 수도 있겠다 싶습니다.

멀쩡해 보이는 사람도 못 믿습니다. 어떤 중년 아줌마가 옷도 깨끗이 입고 차림이 아주 깔끔하고 신사 같았습니다. 조용한 시간에 와서 카드를 고릅니다. 열심히 고르다가 카드 열 장 짜리 한 다발을 슬쩍 가방에 집어넣습니다. 한참을 고르다가 또 한 묶음을 가방에 슬쩍 집어넣었습니다. 세 묶음을 가방에 넣은 뒤 손에 카드 몇 장을 들고 계산해달라며 왔습니다. "아줌마, 이 카드보다 가방에 집어넣은 카드가 더 비싼 카드예요" 말했더니 얼굴이 하얗게 굳어서 가방에서 카드를 꺼내 만지작거리며 이게 비싼 거냐고 했습니다. 한참을 만지작거리고 망설이더니 두 다발은 안 사고 한 다발만 사겠다고 했습니다.

팔릴 기미가 없던 연하장은 크리스마스가 지나자 며칠 동안 불티나게 팔렸습니다. 그러다 1월 10일이 넘어가니 조용해졌습니다. 여러 날 밤을 새워 재고 정리를 했습니다. 남은 카드를 한쪽으로 밀어놓고 참고서나 문제집을 중간 진열대에 놓는 일도 해야 했습니다. 카드는 회사별로 분류하고, 또 가격별로 정리해야 했습니다. 낮에는 가게를 보고 밤을 새워 카드를 분류했습니다. 한 달 동안 눈에 불을 켜고 카드를 팔고 지켜서 많이 잃어버리지 않고 꽤 많은 수익을 올릴 수 있었습니다.

몹쓸머리 나는
아저씨
오토바이 부대

동창들과 어울리며
오토바이 타고 술도 먹고
고스톱도 치게 된 남편

남편은 영월에서 고등학교 동창을 아홉 명이나 만났습니다. 그
중에는 성공한 친구도 있었습니다. 신문기자도 있고 학교 선생
님도 있고 경찰도 있었습니다. 우리도 나름대로 사업을 잘 운영
하며 기반을 다져갔습니다. 남편과 동창들은 자주 만나 밥도 먹
고 술도 한잔했습니다. 남편 동창 중에는 영월에서 나고 자라
영월에서 영월 사람끼리 결혼해서 사는 이도 여러 명 있었습니
다. 여자들도 나름대로 동창이 있고 가까운 이웃도 있어 잘들
어울렸습니다.

남자들은 어느 날부터인가 무슨 바람이 불었는지 너도나도 다 오토바이를 샀습니다. 큰 사업체를 운영하는 친구 말고는 차가 없던 때였습니다. 집 안에 오토바이 한 대가 생기니 많이 편리해졌습니다. 우리는 학생들을 상대하는 장사라 학생들이 등교하고 나면 남편 오토바이 뒤에 타고 영월 외곽을 한 바퀴씩 돌곤 했습니다. 일요일이면 가족이 모두 끼어 타고 청령포로 놀러 가기도 하고 물물이골에 가기도 했습니다. 장릉으로 소풍을 갈 때면 점심 보따리를 실어다줘서 아주 편하게 소풍을 즐길 수 있었습니다.

남자들은 오토바이를 타고 점점 멀리 가기 시작했습니다. 오토바이를 타고 대관령을 넘기도 하고 충청도도 가고 어디든 멀어서 못 가는 곳이 없어졌습니다. 학교 선생님들도 오토바이를 사서 남편 동창 오토바이 부대와 같이 잘 다녔습니다. 오토바이를 좀 과격하게 모는 선생님 한 분이 논둑길을 쌩엥엥~ 달려가다가 커브 길에서 멈추지 못하고 논바닥으로 한 5미터는 날아서 떨어졌답니다. 많이 다쳤겠다고 하니 워낙 잘 키워놓은 벼 위에 떨어져서 다치지 않았다고 합니다.

남편은 술을 잘 못 먹습니다. 술을 한 잔만 먹어도 얼굴이 빨개져서 정신을 못 차립니다. 선천적으로 간에서 알코올 분해를 잘 못하는 체질입니다. 그날도 오토바이 부대는 저녁때 몰려 나가더니 밤중이 돼도 들어오지 않았습니다. 가게 문을 닫고 아이들 데리고 자려고 막 누웠는데 셔터 문을 걷어차는 소리가 들렸습니다. "전순예, 문 열어라! 전순예, 문 열어라!" 하는 겁니다. 너무 놀라서 맨발로 뛰어나가 문을 열었습니다. 술에 취해 양쪽 손을 옆구리에 올리고 서서 셔터 문을 걷어차고 있었습니다. 셔터 문 걷어차는 소리가 온 시내에 쩌렁쩌렁 울렸습니다. 평소 불량기가 있다고 생각한 적이 없던 사람인데 많이 놀랐습니다. 가게에 살림집이 딸려 있어 소리를 듣고 바로 집으로 데리고 들어왔으니 망정이지, 멀리 살았으면 말리는 사람 없이 밤새 걷어찼을 거라 생각하니 그나마 다행이다 싶었습니다.

억지로 끌고 들어오니 방 안에 들어오자마자 그대로 쓰러져 깊이 잠들었습니다. 다음 날 머리가 많이 아프다고 했습니다. 어젯밤 이야기를 해도 자기는 무슨 짓을 했는지 알지 못한다고 했습니다. "원래 술 취한 사람은 자기가 잘한 일은 다 알고 못한 일은 모른다고 한다더라" 하니 정말 그랬다면 이웃 보기 창피해서 큰일이라 하는 걸 보니 기억이 안 나는 것 같습니다. 이웃 사람들이 어젯밤에는 누가 그렇게 시끄럽게 했느냐고 물었습니다. 다 알고 묻는 듯해 우리 남편이 술을 먹고 그랬다고 했습니다. 사람들은 "에에이~ 원래 술도 못하는 양반이 무슨 술을 먹고 그랬다고 그러나" 하며 의아한 얼굴들을 했습니다.

한동안 고스톱 바람이 불었습니다. 오토바이 부대 후배 중 자매가 하는 식당이 있는데 사람도 싹싹하고 음식 솜씨가 좋아 대개 그 집에 모여서 밥을 먹었습니다. 식당 옆에는 낙원여관이 있는데 거기서 모여 고스톱을 친다고 합니다. 오토바이 부대는 "저녁 먹고 올게" 하고 나가면 대부분 소식 없이 밤중에 들어오는 일이 많아졌습니다. 누구네는 동생 잔치에 입으려고 맞춘 새 양복을 입고 가서 뭘 하다 왔는지 바지 오금 밑을 다 쪼글쪼글하게 망가뜨렸다고 투덜거렸습니다. 사람들은 그 집 남편만 그런 게 아니고 쪼그리고 앉아 고스톱을 치느라 다들 무릎 밑이 쪼글쪼글하다고 얘기합니다.

하늘이 파랗고 구름이 두둥실 뜬 아주 화창하고 맑은 가을 날입니다. 아이들 등교 시간이 지나면 남편 오토바이 뒤에 타고 시내를 벗어나서 상동 쪽으로 강변을 달렸습니다. 우리뿐만 아니라 강변을 달리는 사람이 많았습니다. 누가 하나 앞질러 휙 하고 저만치 가버립니다. 뒤에 탄 나도 달리고 싶다는 생각이 듭니다. 괜히 추월당하는 기분이 들어서 우리도 "달려 달려~" 하며 뒤에서 부추깁니다.

기분 좋게 한 바퀴 돌고 집으로 들어오는 길이었습니다. 오토바이 백미러에 비친 하늘이 너무 예뻤습니다. 정신을 놓고 감상하며 오는데 남편이 한 3센티미터 높이의 맨홀을 뛰어넘었습니다. 나는 오토바이에서 떨어지면서 오토바이 버팀목에 바지 자락이 걸렸습니다. 남편은 놀라 오토바이를 세우려고 한 바퀴 삥 도는데 정수리 왼쪽부터 왼쪽 팔까지 갈려서 피가 흘렀습니다. 가까운 병원으로 들어갔습니다.

간호사와 원무과 직원 둘이 서서 오늘은 토요일이어서 진료가 마감돼 치료할 수 없다고 했습니다. 그래도 급하니 봐달라고 해도 안 된다고 해서 그냥 원장실로 밀고 들어갔습니다. 원장 선생님은 깜짝 놀라서 "당신 뭐냐"고 물었습니다. 오토바이 사고가 났는데 진료가 끝났다고 해서 내 맘대로 들어왔다고 했습니다. 원장님은 "무슨 소리냐", "응급환자를 놓고 누가 그런 소리를 하느냐"고 난리가 났습니다. 외상이 심하지는 않으니 며칠 약 먹고 치료하면 된다고 했습니다. 한 열흘 치료하니 다 나았습니다.

사고 나고 한 달 지난 어느 날, 책상 위에 두 손을 올리고 앉아 있는데 갑자기 책상이 한쪽으로 뛰떡(기우뚱)했습니다. '왜지?' 하고 흔들어봐도 멀쩡했습니다. 잠시 뒤 머리가 뺑글뺑글 돌면서 어지러웠습니다. 다시 병원에 갔더니 뇌가 흔들리면 후유증이 나타난다고 했습니다. 약 먹고 한 달간 통원 치료를 했습니다.

사고가 나고도 남편은 오토바이 타는 걸 그만두지 않았습니다. 한여름엔 오토바이를 타고 슝 하고 달리면 바람이 아주 시원합니다. 날이 추워지니 그렇지 않아도 찬바람이 오토바이를 타면 더 매섭게 느껴집니다. 한번은 오토바이 부대 부인들이 모였습니다. 한 사람이 "썰렁한 날 다들 코가 새빨개져서 몰려다니는 거 하고는" 하며 은근히 아니꼬운 듯이 말하니, 다른 사람이 받아서 "아, 신문지를 두툼하게 접어서 배 속에 넣고 탄다잖여" 합니다.

오토바이 부대가 모여서 신나게 놀러들 다니는 동안 가게를 여는 집들은 부인들이 가게를 지켰습니다. 선생님이나 공무원들 집에서도 남자들이 모여 멀리 나가서 늦게 들어오고 하니 걱정도 되고 얄밉기도 하답니다. 여자들은 "그놈의 오토바이 부대 몸썰머리(몸서리) 난다"고 합니다.

겨울밤
나만을 위한
시간

책 읽기 특별 작전 수행 중
아이들의 생떼에 뜨개질을
시작하다

겨울은 밤이 길어 책을 읽기에 딱 좋은 계절입니다. 낮에는 여러 일로 마음 놓고 책 읽을 시간이 없습니다. 1980년 겨울 책 읽기 특별 작전을 세웠습니다. 밤 12시부터 새벽 5시까지 책을 읽기로 했습니다. 모두가 잠든 밤, 나 혼자 앉아서 책을 읽습니다.

　다행히도 나는 초저녁잠이 많아서 초저녁에 한잠 자고 나면 밤을 새워도 괜찮습니다. 반대로 남편은 새벽잠이 많아서 내가 저녁에 자고 일어나 밤새워도 알지 못하고 잡니다. 혹시

나 깨면 남편은 "안 자고 뭐 해?" 합니다. 나는 "응, 조금만 더 읽고 잘게" 합니다. 그 겨울에 《이민》, 《가시나무 새》, 《카인과 아벨》, 《빙점》, 《양 치는 언덕》, 《난장이가 쏘아올린 작은 공》을 읽었습니다. 하루라도 안 읽으면 무슨 큰일이라도 나는 것처럼 책을 읽었습니다.

어린 날 어쩌다 책이 한 권 생기면 책 속에 푹 빠져 살다가 몇 장 안 남으면 책을 덮었습니다. 현실이 아닌 책 속의 인물과 함께 울고 웃으며 희로애락을 같이했습니다. 이 책을 마저 읽으면 언제 또 책이 생길지 알 수 없습니다. 책 속 세계에서 나가고 싶지 않았습니다. 일하다가 다들 잠자는 시간을 이용해 책을 읽으면 석유 닳는다고 빨리 불 끄고 자라고 어른들은 성화를 부렸습니다.

언제는 한꺼번에 책이 여러 권 생겼습니다. 책이 궁금해서 도저히 잠이 오지 않습니다. 이불을 뒤집어쓰고 이불 속에 등잔불을 넣고 책을 읽었습니다. 사흘째 밤 새벽에 이불 밖으로 불빛이 새어 나가서 아버지한테 들켰습니다. 생전 욕을 안 하시던 아버지가 "저놈의 간나(계집아이), 호랑이가 물어 가라"고 하셨습니다. 어찌 그렇게 못되고 무서운 짓을 할 수 있냐고 하셨습니다. 이불 속에 등잔불을 넣고 깜빡 졸기라도 해서 이불에 불이 붙으면 너만 죽겠냐고 하셨습니다. 온 가족 다 죽이고 집도 불태우고 집안 망하게 할 년이라고 크게 소리소리 치셨습니다. 언제나 내 편을 들어주시던 할머니도 이번엔 편들어줄 수 없다고 하셨습니다. 나는 아무 말도 못하고 숨어서 많이 울었습니다. 나는 재미난 책만 있으면 절대 졸 리 없는데 아버지가 야속했습니다.

살다 보니 그렇게 원하던 책을 집에 하나 꽉 채워놓고 살게 되었습니다. 재미난 책이 너무 많습니다. 읽어도 읽어도 끝없이 많은 책이 있습니다. 밤새워 책을 읽었습니다. 석유 아낄 일도 없고 잔소리할 사람도 없습니다. 김성종의 《여명의 눈동자》를 세 권째 읽던 날입니다. 아들이 "엄마, 나도 손으로 뜬 옷을 입고 싶어"라고 합니다. 나는 뜨개질할 줄 모른다고 했습니다. 체질상 가만히 앉아 조용히 하는 일을 못합니다. 가만히 앉아 수놓거나 바느질하면 속에서 천불이 활활 나는 것 같았습니다.

며칠 있다 아들은 또 손으로 뜬 옷이 입고 싶다고 했습니다. 엄마가 뜨개방을 하는 아들 친구는 별나게도 예쁜 뜨개옷을 많이 입고 다닙니다. 엄마들은 뜨개방에 모여 앉아 아들딸의 옷을 너도나도 많이 떠서 입혔습니다. 손뜨개옷을 안 입은 아이가 거의 없을 정도입니다. 나는 낮에는 서점 일을 해야 하고 밤에는 책도 읽어야 하고 네가 보다시피 살림도 하고 너무 바빠서 뜨개질을 못한다고 했습니다. 그렇게 정 입고 싶다면 뜨개방 선생님께 부탁해서 하나 떠주겠다고 했습니다. 아들은 "엄마가 사랑이 모자라서 그렇지 남의 엄마들은 다 하는 일을 못할 리 없다"고 했습니다.

충격적인 말이었습니다. 아들한테 사랑이 모자란다는 말은 듣고 싶지 않았습니다. 읽던 책을 덮어놓고 뜨개질에 입문하게 됐습니다. 뜨개방에 가서 대바늘도 사고 코바늘도 샀습니다. 귀가 크고 굵은 돗바늘도 샀습니다. 게이지(일정한 면적 안에 들어가는 코와 단의 수)를 적을 수첩도 샀습니다. 실을 사서 선생님이 코를 잡아주고 하라는 대로 뜨개질을 시작했습니다. 남들은 무늬까지 넣어서 잘하는데 나는 쉽지 않았습니다. 무릎 위에 실을 올려놓고 뜨다 보면 손이 점점 올라가 눈앞까지 쳐들고 뜹니다. 뜨고 봐도 실땀이 고르지 않고 넓은 데도 있고 좁은 데도 있습니다. 코가 빠진 줄도 모르고 한참을 떴습니다. 뜨개방 선생님은 재주도 좋지만 맘씨도 좋았습니다. 코를 빠뜨리고 몇 단 안 떴으면 코바늘로 끌어올려 다시 해주었습니다. 밤에도 자지 않고 뜨개질합니다. 할 줄 몰라서 아는 데까지만 뜨고 책을 읽습니다.

코를 줄이고 늘리는 과정이 어려웠습니다. 뜨개방을 왔다 갔다 뛰어다니면서 15일 만에 아들 스웨터를 완성했습니다. 고생은 했지만 입는 아들도 좋아하고 나도 뿌듯했습니다. 얼마나 좋아하는지 살가죽처럼 옷 갈아입을 생각을 안 합니다. 딸들은 오빠만 떠주고 자기네는 왜 안 떠주냐고 했습니다. 아들과 딸을 차별한다고 했습니다. 요즘 애들은 엄마가 절대 듣고 싶지 않은 소리를 잘도 합니다. 차별한다는 소리 안 들으려고 밤새워 큰딸 스웨터를 뜹니다. 안 해보던 일이어서 무척 힘이 들었습니다. 가만히 앉아서 하는 일인데도 온몸이 아팠습니다. 그래도 두 번 뜨고 세 번 뜨니까 솜씨가 늘어서 훨씬 뜨기도 수월하고 옷 모양도 더 예쁘게 나왔습니다. 남편만 빼놓을 수 없어서 남편 것도 하나 떴습니다.

그렇게 못할 것 같던 뜨개질이 자꾸 하니 가속이 붙었습니다. 뜨개질도 은근히 중독성이 있었습니다. 옷 하나를 뜨기 시작하면 완성될 때까지 멈출 수가 없습니다. 이제는 무늬도 넣어서 뜰 수 있게 되었습니다. 전문가만이 할 수 있다는 '날라리단'(흔들코잡기)도 할 수 있었습니다. 가족에게 옷 한 가지씩 다 떠서 입히고 나는 무늬를 넣어서 걸치기 좋게 길쭉한 조끼를 떠 입었습니다. 열두 번째는 남편의 스웨터를 무늬 넣어서 떴습니다.

어떤 일이 있어도 책 읽기 특별 작전 시간을 지켜냈습니다. 일부러 3권, 5권, 10권짜리 긴 시리즈 책을 골라 읽었습니다. 그렇게 한겨울이 지나갔습니다. 책을 수십 권 읽었고, 혼자서 어려운 게이지도 내서 선생님 지도 없이 직접 디자인해 옷을 뜨게 됐습니다. 어린 날부터 식구들 돌보느라 나를 위한 시간을 가져본 적이 없었습니다. 그해 겨울 나만을 위한 밤들을 보내고 나니 늘 허전했던 마음이 없어졌습니다.

한식에서
양식으로,
식탁이 달라졌어요

영월을 찾아온 요리 강습,
요리 도구인 채칼, 궁중 팬,
금빛 시루 등을 사다

영월 마을회관에서 무료로 요리 강습을 한다고, 관심 있는 사람
은 누구나 다 오라고 합니다. 오전 10시까지 사람도 많이 데리
고 오랍니다. 여자들은 때만 되면 뭘 해먹나 고민이 많던 차에
잘됐다고 너도나도 많이 몰려갔습니다. 나는 가게 일이 바쁘니
그냥 잠깐 보고 올 생각으로 갔습니다.

    마을회관에 들어서자 한쪽 옆으로 많은 물건이 쌓여 있었
습니다. 40대 중년 남녀가 자기네는 서울에서 온 요리 강사 부
부라고 소개했습니다. 여름이면 먹거리가 한창 없을 때여서 고

생하시는 주부들에게 조금이나마 도움이 되고자 이곳까지 요리 강습을 왔노라고 했습니다. 흰 가운을 입은 40대 중반쯤 돼보이는 인상 좋은 아주머니가 요리 강사 '손수련'이라고 자신을 소개했습니다. 남자는 자신은 강사님의 남편이자 강사님의 보조로 '미스터 김'으로 불러달라고 했습니다. 그때만 해도 남자가 여자 보조라는 게 좀 낯설었습니다.

재료는 다 준비돼 있었습니다. 석유풍로 세 개를 놓고 요리를 시작했습니다. 모든 요리 도구는 특이하고 예뻐 보였습니다. 채칼로 아주 예쁜 볼에다 오이를 쓱쓱 채 쳤습니다. 당근도 채칼로 쓱쓱 채 쳤습니다. 마요네즈에 케첩을 조금 섞어서 채칼로 채 친 채소에 섞어줬습니다. 보조인 남편은 식빵 가장자리를 칼로 잘라 준비했습니다. 네모난 하얀 식빵에 준비한 채소를 넣고 빗금으로 잘라 삼각형을 만들어 구경꾼에게 한 쪽씩 돌렸습니다. 아주 향긋하고 맛있었습니다. 집에서 찐빵만 만들어 먹다가 너무나도 새로운 맛에 놀랐습니다.

두 번째 요리는 영양식을 한다고 닭 한 마리를 금빛 나는 시루에 쪘습니다. 찐 닭을 오목하게 생긴 궁중 팬에 버터를 녹여서 바삭하게 구워냈습니다. 버터 때문인지 맨날 먹던 닭이 무슨 외국 요리처럼 느껴졌습니다. 요리사 부부는 요리할 때마다 아낌없이 음식을 나눠줬습니다. 강사님은 손으로 요리하면서 입으로는 유창하게 설명하고 우스갯소리를 잘해서 연신 폭소가 터졌습니다.

첫날 요리 강습에서 채칼을 샀습니다. 집에도 채칼이 있었지만 이건 얇고 납작하게 써는 날도 있고, 아주 가늘게 채 치는 날도 있어 바꿔가면서 요긴하게 쓸 수 있을 것 같았습니다. 그날 오후 집에 돌아가 아이들에게 낮에 요리 강습에서 배운 샌드위치를 간식으로 만들어 먹였습니다. 쥐고 먹다가 흐를까봐 식빵 한쪽을 가장자리도 도려내지 않고 반으로 접어 속 재료를 넣어서 줬습니다. 아이들도 어른들도 아주 좋아했습니다.

요리 강습은 하루에 두 번씩 열흘 동안이나 계속됐습니다. 바쁜 사람들을 위해 오전, 오후에 같은 요리를 해서 다행이었습니다. 나는 매일 참석할 수는 없고 틈나는 대로 잠깐씩 들러 강습을 보다가 가게 때문에 도중에 나오는 일이 많았습니다. 이웃의 요리광들은 바쁜데도 불구하고 열 일 제쳐놓고 요리 강습을 보고 그대로 따라 해먹었습니다. 요리 도구는 알루미늄은 아니고 스테인리스 재질로 만든 것이었습니다. 나는 그 좋은 요리 도구들을 못 살까봐 미리 일부러 시간을 내어 가서 궁중 팬도 사고 금빛 나는 시루도 사왔습니다. 강습을 본 사람들은 요리 도구를 안 사는 경우가 없었습니다. 강사가 요리를 잘해서라기보다는 요리 도구가 요리를 다 하는 것같이 보였습니다.

요리 강사 부부는 엄청난 재물을 쌓고 살 것 같다는 생각이 들었습니다. 정말인지는 모르지만 소문이 분분했습니다. 어떤 사람은 강사 부부가 서울에 큰 빌딩 두 채를 가졌다고 하고, 큰 기와집에 산다고도 했습니다. "기와집은 무슨, 넓은 아파트에 산다고 하드만." 서로 쓸데없는 말다툼도 했습니다.

요리 강습이 끝나고 집마다 새로운 요리를 해먹었습니다. 지금까지 해먹던 한식에서 양식으로 바뀌었다고 하는 게 옳을 듯합니다. 솜씨 좋은 병성이 엄마는 가게를 보면서도 틈틈이 기름이 자르르 흐르는 약식을 만들어 가끔 우리 집에 갖다줬습니다. 이종사촌 동생은 점심에 오므라이스를 예쁘게 만들어 케첩까지 뿌려서 가져왔습니다.

나는 요리 강습을 많이 못 본 탓도 있지만 익숙한 찐빵을 만드는 게 편하고 맛도 있었습니다. 찐빵이 떨어질세라 자주 해먹었습니다. 아이들은 찐빵을 아주 크게 만들어달라고 합니다. 두 손을 포개어 잡고 이만하게 만들어달라고 합니다. 평창 친정에서 농사지어 보낸 빨간 팥을 아주 물렁하게 푹 삶아 달달하게 만들어 속을 꾹꾹 눌러 많이 넣고 최선을 다해 크게 빚습니다. 한 시루에 다섯 개밖에 못 찔 정도로 크게 만들면 막내는 한 개를 다 못 먹었습니다. 그래도 아이들은 찐빵이 클수록 기분이 좋아서 만족스러워합니다. 겨울에는 시래기를 삶아 매콤하게 무쳤습니다. 김치도 다져 만두소처럼 넣어 먹기도 합니다.

찐빵은 막걸리를 넣고 발효시켜 일명 술빵이라고 했습니다. 찐빵 반죽을 발효시키느라 따뜻한 아랫목에 이불을 덮어 묻어놓으면 향긋한 냄새가 솔솔 코끝을 자극합니다. 찐빵 반죽은 부풀어 오르기 시작해 가만 놔두면 자꾸만 부풀어 오르다가 대야를 넘어 흐릅니다. 시간 맞춰 다시 치대어 공기 빼주기를 다섯 번 정도는 해야 해서 찐빵 반죽을 할 때는 자주 집에 들락거려야 합니다.

아이들이 시큼하고 달콤한 술빵 반죽 맛에 이끌려 몰래 뜯어 먹습니다. 아무리 맛있어도 생것을 먹으면 배탈이 날까봐 먹으면 안 된다고, 먹지 말라고 당부 당부하고 가게에 나왔다 들어가면 아이들은 찐빵 반죽을 뜯어 먹다가 도망가기 일쑤입니다. 한번은 큰아이들이 반죽 대야를 열어 뜯어 먹은 뒤 잊어버리고 이불을 덮어놓지 않았는데, 막내가 뛰어놀다가 반죽 대야에 한쪽 발이 푹 빠졌습니다. 내가 막 문을 여는 순간이었습니다. 그대로 움직이지 말라고 했습니다. 아이 발을 가만히 들어 올렸습니다. 발에 묻은 것만 뜯어서 버리니 빵 반죽은 망치지 않았습니다. 즈네가(자기들이) 잘못은 해놓고 발 빠진 찐빵이라고 먹지 않았습니다. 그 빵은 남편과 내가 며칠을 두고두고 먹었습니다.

찐빵을 만들어 요리 강습에서 사온 금빛 시루에 쪄서 먹었습니다. 그랬더니 멀쩡히 전부터 쪄 먹던 찐빵도 요리 강습에서 배워온 줄 압니다. 뭐든 맛있는 걸 만들면 식구들이 '요리 강습에서 배웠어?' 합니다. 한 열흘 영월을 휩쓸고 지나간 요리 강습은 많은 걸 남겼습니다. 요리도 배우고 주방 도구도 새로 많이 샀지만, 무엇보다 흰 가운을 입고 요술처럼 요리를 해내는 요리 강사가 멋지다 못해 부러웠습니다. 밑도 끝도 없이 나도 요리 강사를 해보고 싶다는 생각이 강하게 심장을 파고들었습니다.

돈 갚으러 와서
책을 잔뜩 사간
청년

단종제의 재미는
학생들의 가장행렬과
아저씨들의 마구잡이
축구

단종의 유배지였던 영월에서는 매년 4월 말이면 금, 토, 일 3일
에 걸쳐 단종을 기리는 단종제가 열립니다. 단종제가 1년 중 가
장 큰 행사였습니다. 학생들은 단종제에 주역이 되어 볼거리를
제공해야만 했습니다. 무용을 하거나 가장행렬에서 역할을 맡
기도 합니다.

　마지막 날에는 가장행렬 뒤에 길게 줄이라도 서서 걸어가
야 하기 때문에 학생들이 있는 집들은 한 달 내내 바빴습니다.
3일 동안 많은 행사를 하는데, 그중에 국민학생부터 중고등학

생까지 학생들이 모인 가장행렬이 하이라이트였습니다.

국민학교 1학년 여학생 중에서 단종비를 뽑고 4학년 남학생 중에서 단종을 뽑았습니다. 1학년 딸을 가진 집들의 은근한 경쟁이 있었습니다. 단종비에 뽑히면 화려한 의상에 행렬의 중심에 섭니다. 단종비에 뽑히자면 학교에 기부금을 많이 낸다든가, 아이가 1학년이 되기 전부터 학교와 친분을 쌓아서 기어코 딸을 단종비를 시키는 사람도 있었습니다. 단종도 많은 경쟁자를 물리치고 한 사람을 뽑는 것이니 부모의 노력과 후원 없이 할 수 있는 게 아니었습니다. 그런데 단종에 뽑힌 아이는 단종을 하고 나면 삐쩍 마르고 비실비실한다는 말이 있어 어떤 사람은 절대로 자기 아들은 단종을 안 시킨다는 사람도 있었습니다.

사람들이 많이 모이니 다들 마음이 들떠서 웅성거립니다. 우리 집은 단종제와는 무관한 품목인데도 국민학생이 세 명이나 있어, 큰딸은 무용을 하고 작은 딸과 아들은 가장행렬에 참여하느라고 바빴습니다.

단종제 날입니다. 사람들은 복잡한 학교 운동장에서 무용도 하고 무술도 하고 각종 음식점에 끼리끼리 모여 맛있는 것을 사먹고 하느라고 난리도 아닙니다. 가장행렬이 운동장을 돌아 시내로 나왔습니다. 가장행렬의 선두에는 고등학교 밴드부가 제복을 입고 연주를 합니다. 목마를 탄 장군이 호위하고, 단종과 단종비가 화려한 궁중복을 입고 가마 위에 높이 앉아 가고 있습니다. 뒤에는 사육신이 머리를 풀어 헤치고 칼을 쓰고 가기도 하고 많은 학생들이 뒤를 따라갑니다. 행렬 속에서 어떤 학생들은 구경꾼들을 보고 눈을 찡끗거리며 갑니다. 장난꾸러기 여학생은 구경꾼들을 보며 입을 실룩거리며 가다가 걸려 넘어질 뻔합니다. 아이들이니 장난을 치며 가는 것이 볼 만했습니다.

가게를 지키는 사람들은 자기네 앞을 지나갈 때만 구경을 하지만 가장행렬에 참여한 학생의 부모들은 끝까지 행렬을 따라가고 있습니다. 거리는 온통 뭐 살판이라도 난 것처럼 흥청거립니다.

단종제는 꽤 유명한 행사여서 단종제 날이면 각처에서 구경꾼들이 모여들었습니다. 어디든지 볼거리가 있으면 먹을거리가 같이 모입니다. 식당들은 대목에 한몫 벌려고 열심히들 준비하였습니다. 각종 노점상들도 많이 생겨 사람들을 즐겁게 했습니다. 서점에 어떤 청년이 들어와 책을 사는 것도 아니고 무언가 자꾸만 머뭇거립니다. 한참을 지켜보고 있었더니 아줌마 할 얘기가 있다고 합니다.

무슨 이야기냐고 해보라고 했더니 자기는 정선에서 단종제 구경을 왔는데 돈이 떨어졌답니다. 주민증을 맡길 터이니 자기를 믿고 돈을 빌려달라고 했습니다. 돈을 빌려주면 일주일 후에 갚으러 오겠다고 했습니다. 사정이 딱해서 주민증을 맡고 돈을 달라는 대로 빌려주었습니다. 남편보고 주민증을 맡고 돈을 빌려주었다고 했더니 주민증이야 분실 신고하고 다시 만들면 되지, 눈 환히 뜨고 돈 떼였다고 했습니다. 모른 체할 걸 괜히 돈을 빌려주고 단종제 내내 마음이 편하지 않았습니다.

운동장에는 학생들의 행사가 끝나고 어른들이 모여들어 축구 시합을 한답니다. 각 동창 축구 대항전이 벌어졌습니다. 다들 술이 거나하게 취해서 공을 찬다고 난리들입니다. 축구라고는 하지만 규칙이 없습니다. 누가 골을 넣으려고 하면 허리를 잡고 늘어집니다. 관중들도 같이 허리를 잡고 웃습니다. 나이 많은 아저씨들의 마구잡이 축구가 공을 잘 차는 것보다 훨씬 더 재미가 있습니다. 동창들 끼리끼리 모여서 술을 먹고 거리를 누빕니다. 지방 축제에서는 평소에 친하던 사람도 필요가 없습니다. 동창이 아니면 어울릴 수가 없습니다. 남편의 친한 친구들도 영월 동창들끼리 모이느라고 남편은 혼자가 되었습니다.

단종제 마지막 날은 동창들 끼리끼리 술이 거나하게 취해서 어깨동무를 하고 건들거리며 거리를 활보합니다. 모두 다 아무런 근심 걱정이 없는 것같이 유쾌하기만 합니다. 아무도 술 먹고 건들거린다고 흉을 보는 사람도 없습니다. 옆집 가게들도 거의가 영월 사람들이어서 여자들도 늘 친구들과 모여 놀았습니다.

　나는 노는 날이나 빨간 날이나 잔칫날이나 언제나 가게를 지키느라고 창밖만 바라보는 게 따분하다는 생각이 들었습니다. 술 먹을 줄 아는 사람들은 좋은 일에도 술을 먹고, 안 좋은 일이나 슬픈 일이 있어도 또 한 잔 먹으며 유쾌하게 사는 것이 부럽다는 생각도 했습니다. 남들이 다 먹는 술인데 나라고 못 먹겠나 싶었습니다. 집에는 손님 접대용으로 담가놓은 각종 과일주가 많았습니다. 나도 술 한잔 먹고 거나하게 취해보고 싶어졌습니다. 과일주 중에서도 가장 향이 좋은 잣술을 소주잔으로 한 잔 마셨습니다. 산머루에 인삼을 넣은 빛깔이 고운 산머루주를 와인 잔에 담아서 몇 모금 홀짝홀짝 먹었습니다. 기분이 좋아지기는커녕 머리가 아파오기 시작했습니다. 머리가 깨지는 것처럼 아파 한잠도 못 자고 밤을 새웠습니다.

　단종제가 지난 지 2주일이 넘었는데도 돈을 빌려간 청년은 나타나지 않았습니다. 전화번호를 받아놓은 것도 아니고 달랑 주민증 하나 받아놓았는데 돈을 갚으러 오지 않으니 아무래도 돈은 떼인 것 같습니다. 그 돈을 받으려고 정선까지 찾으러 가자니 여비가 더 들 거 같습니다. 내가 많이 아쉬워하니 남편은 세상이 그렇게 호락호락한 게 아니니 앞으론 조심해서 살라며 좋은 경험한 셈 치라고 했습니다.

단종제가 지나고 한 달이 되는 일요일, 돈을 빌려간 청년이 돈을 갚으러 왔습니다. 청년은 약속한 시간에 오지 못해 미안하다고 여러 번 머리를 조아려 사과를 하였습니다. 청년은 자기가 사고 싶었던 책을 사가려고 돈을 모으는 데 시간이 걸렸다고 했습니다. 청년은 책을 억지로 들고 갈 만큼 많이 사가지고 갔습니다.

전 재산을
노름돈으로 내준
이종사촌 동생

언니처럼 도와준
이종사촌,
조카를 야단치지 않은
고모 등 통 큰 여자들

내가 영월로 이사 가기 전까지는 사는 데 바빠 이종사촌 동생이 어디에 사는지 몰랐습니다. 어디 사는지 알려고도 하지 않았다는 게 맞는 말이겠지요. 동생네는 영월에 터 잡고 잘 살고 있었습니다. 동생 남편은 영월 토박이에 키가 훌쩍 크고 아주 재주가 많은 사람이었습니다. 위로 딸 하나에 아들 둘을 두었습니다. 둘째는 우리 아들과 동갑입니다. 동생은 남편을 도와 사업도 잘하고 살림도 잘하는 사람으로 평이 나 있었습니다.

막상 낯선 곳으로 이사하고 보니 사촌 동생이 큰 힘이 돼

줬습니다. 동생은 자기가 언니라도 되는 것처럼 나를 돌봐줬습니다. 이사하고 며칠 지나지 않아 모임을 한 번도 안 해본 사람들끼리 친목계를 하나 만든다고 나도 끼워줬습니다. 회비를 조금씩 내서 한 달에 한 번 집에서 밥하지 않고 남이 차려주는 밥을 사먹기로 했습니다. 매달 제일 맛있게 하는 집을 골라 가서 가장 맛있는 것을 먹었습니다. 친목계라는 걸 처음 해보았는데, 한 달에 한 번 마음 놓고 외식하는 날이 기다려졌습니다.

몇 번 만나 밥만 먹다 보니 그러지 말고 회비를 조금 더 내서 그달 그달 뽑기 계를 하자고 했습니다. 동생은 자기는 남편 몰래 삥땅해서 곗돈을 낸다고 했습니다. 동생 남편은 꼭 돈 안 되는 감투나 쓰고 돈 쓸 일만 만들어서 이렇게라도 돈을 챙기지 않으면 안 된다고 했습니다. 여자들이 딴 주머니도 찰 줄 알아야 아쉬운 일이 생기면 쓴다고 합니다. 나도 생전 처음 딴 주머니라는 것을 챙기기로 하고 생활비에서 더 아끼고 짜서 곗돈을 부었습니다. 동생은 두 구좌를 들었습니다. 한 구좌는 재수 좋게 맨 먼저 뽑아서 빚을 갚았고, 한 구좌는 받으면 자기가 쓸 거랍니다.

어느 뜨거운 여름날에 동생이 긴팔을 입고 와서 "언니 이거 좀 봐. 호랑이한테 물렸어" 하며 팔을 걷어 올리고 보여줬습니다. 팔에는 큰 이빨 자국 같은 것이 있었습니다. 남편이 요즘 장사가 잘되는데 왜 돈이 없냐고 했답니다. 곗돈 두 구좌를 내다 보니 돈이 조금 비는 게 티가 난 모양입니다. 그래도 동생은 "누가 돈을 빼돌리기라도 했다는 말이냐. 따져보자"고 남편 팔에 대롱대롱 매달려 떨어지지 않자 남편이 큰 입으로 팔을 꽉 깨물어놓고 도망갔다고 합니다. 나는 놀라서 "무슨 배짱으로 거인 같은 남편한테 덤벼드나. 그러다 그 큰 주먹에 한 대 스치기라도 하면 어쩌려고"했더니, 동생은 "나는 옳은 일만 하기 때문에 남편은 나한테 꼼짝도 못해" 합니다.

우리가 영월로 이사 오기 전 동생네는 여관을 했는데 잘됐답니다. 여관이 잘되니 자기한테 맡겨놓고 남편은 가건물을 하나 빌려 슈퍼를 운영했답니다. 여관도 잘되고 슈퍼도 잘되던 어느 날 밤에 슈퍼에 불이 나서 완전히 잿더미가 됐답니다. 여관을 정리해서 피해를 보상해주고 나니 20만 원이 남았답니다.

남편은 노름이라도 해서 돈을 따서 살겠다고 며칠을 노름하더랍니다. 처음에는 조금 따는 것 같았는데 어느 날 몽땅 털리고 와서는 밑천이 조금만 있으면 잃은 돈을 복구할 수 있다고 했답니다. 밤에 잠을 안 자고 눈에 불이 철철 떨어지는 게 무슨 사고라도 칠 것 같은 기세였답니다. 전 재산 20만 원을 주면서 이거 가지고 가서 재수 좋아 돈을 따면 다행이고 잃으면 그냥 집으로 오라고 했답니다.

남편은 그 밤에 20만 원을 홀라당 잃고 아무 말 못하고 집에 들어와 조용히 살았답니다. 다시 일어설 때까지 동생은 길거리에서 풀빵도 굽고 여름이면 옥수수도 쪄서 팔고 노점을 해서 먹고살았답니다.

그런데 요즘도 남편은 자꾸만 한숨을 쉬며 살맛이 안 난다고 오만상을 찡그리며 산다고 걱정합니다. 동생은 계 타던 날 남편의 문제를 해결해줬습니다. 도대체 뭐가 문제냐고 물었습니다. 사업 확장을 하면 떼돈을 벌 수 있는데 돈이 없어서 못한다고 한탄하더랍니다. 얼마면 되겠냐고 물으니, 어떻게 알았는지 딱 계 탄 돈만큼이어서 이 돈 가지고 사업 확장해서 잘 살고 다시 한숨짓지 말라고 했답니다. 사업을 확장했지만 별로 재미를 볼 만한 품목이 아니어서 잘되지는 않았습니다. 그래도 제부는 이후로 동생 앞에서 이런저런 소리를 못하고 잘 살고 있습니다.

우리 서점에는 많은 학생이 들락거렸습니다. 그중 소문나게 공부를 잘하는 '연기'라는 학생이 있었습니다. 부모님이 일찍 돌아가시고 고모네 집에서 산다고 했습니다. 아이가 누구보다도 밝고 정직하고 공부를 잘해서 선생님들도 다 '연기 연기' 하며 칭찬했습니다. 전국 모의고사에서 강원도 1등을 할 정도라 합니다. 연기는 서점에 자주 놀러왔습니다. 서점에 들르면

시키지 않아도 자기 집처럼 스스럼없이 서점을 돌봤습니다. 농담도 잘하고 싹싹하니 아이들도 잘 따랐습니다.

연기가 오면 가게를 맡겨놓고 마음 놓고 볼일을 볼 수 있었습니다. 가게를 비우고 어디를 갔다 오면 무슨 책을 팔고 어떤 사람이 사갔는지 안 봐도 다 보일 만큼 기록을 상세하게 해놓았습니다. 가게에서 특별한 일이나 감동받은 일도 기록해놓았습니다. 글 쓰는 재주가 있어 아주 읽을 만하게 써놓았습니다.

노트에 인상 깊은 이야기가 있었습니다. 문제집을 사면 추첨권을 주는 일이 있었습니다. 당첨되면 1등은 피아노입니다. 모두 추첨권을 얻어가느라 난리였습니다. 어떤 아주머니가 문제집을 사서 추첨권을 드렸더니 안 가져가더랍니다. 왜 안 가져가느냐고 물었더니 아주머니는 사람에겐 평생에 행운이 세 번 오는데 피아노 하나로 때우는 작은 행운은 바라지 않는다고 했답니다.

연기가 왜 그렇게 장사를 잘하는가 했더니 함께 사는 고모네가 장사했는데 어린 시절부터 도와서 몸에 익었답니다. 고모네 가게에는 외상 장부가 있었습니다. 어느 날 연기 형과 연기가 장부를 가지고 놀다가 쓰레기통에 버렸답니다. 고모와 고모부가 외상값을 받으러 가려고 장부를 찾았습니다. 연기 형과 연기가 버렸다고 하니 고모 내외는 쓰레기장으로 달려가 샅샅이

뒤졌습니다. 버린 지 며칠 되어 찾지 못했습니다. 고모와 고모부는 앓아누워 몇 날을 일어나지 못했다고 합니다.

그 이야기를 듣고 "많이 혼났겠다" 하니 그래도 고모 내외는 조카 형제를 야단치지 않았다고 합니다. 여럿이 듣고 있다가 한마디씩 했습니다. "느네 고모는 성자 아니냐.", "그렇게 통 큰 사람들이라 연기 학생을 이렇게 훌륭하게 키웠구나."

3부

살기에 벅찼으나
포기하지 않은 세월,
서울
1983~1995

미쳤지,
여기를 왜 왔을까

살 집과 할 일이 생겨
급하게 서울로 이사하다

1983년, 우리 부부가 서른아홉 살 때 이야기입니다. 아들이 5학년 여름방학 하기 며칠 전 서울에 볼일이 있어 갔다가 광진구(당시는 성동구) 자양동에 있는 시집 이모네 집에 들렀습니다. 이모부는 건축업으로 돈을 많이 벌어 부자 소리를 듣고 사는 사람이었습니다. 이모부가 자기네는 길 건너 어느 호텔 사장네 별장을 사서 이사한다고 합니다. 지금 사는 한옥이 비니 이리로 이사를 오라고 했습니다. 언젠가 서울로 이사를 가야지 벼르며 살고 있었습니다. 그래도 강원도에 생활 기반이 있으니 서울로 간다는 건 막연한 일이었습니다.

이모부는 아들이 공부도 잘한다던데 시골에서 공부시켜서 되겠냐고, 서울 와서 공부시키라고 했습니다. 이모부네 아들 하나는 서울대에 다니고 있었습니다. 이 집은 서울대 학생이 나온 명당이고, 여기서 돈도 많이 벌었다고 했습니다. 이모부는 자기가 하던 골재 판매를 맡아서 해보라고 했습니다.

그길로 집에 와서 사업을 정리했습니다. 아들이 5학년이기 때문에 2학기 전에 이사해야 서울 중학교에 진학할 수 있었습니다. 남편의 외할아버지는 그 옛날에 배재학당을 나와 어느 회사의 중역을 했다고 합니다.

내가 결혼하고 외할아버지를 만났을 때가 그분 여든 살 때였는데, 키가 훤칠하게 큰 백발의 노신사였습니다. 나를 보시고 남편은 자기가 특별히 아끼는 손주라며 "행복하게 잘 살라"고 덕담을 건네셨는데, 말씀도 아주 잘하셨습니다. 남편은 외할아버지가 나온 배재학당을 꼭 가고 싶었는데, 시골에서는 엄두를 낼 수가 없었다고 합니다. 그래서 아들만은 꼭 배재중학교에 보내고 싶다고 했습니다. 서울에서 살 집과 할 일이 생겼으니, 아들을 배재중학교에 보낼 수 있는 절호의 기회구나 생각했습니다. 나도 서울에 사는 게 소원이었습니다. 만약 내가 서울에서 살았다면 무슨 수를 써서라도 학업을 이어갈 수 있었을 겁니다.

서울로 이사하는 걸 반대할 이유가 없었습니다.

아이들은 정든 강원도 영월을 떠나는 것을 섭섭해했습니다. 서점을 맡을 사람을 찾아 인수인계하자면 시간이 많이 걸릴 수 있습니다. 기회를 놓치지 않기 위해 서점 물건을 거래처로 반품했습니다. 사람들이 와서 무슨 짐을 이렇게 많이 싸느냐고 물었습니다. "우리 서울로 이사 가요" 하면 설마 하고, 농담도 잘한다고 곧이듣지 않았습니다. 여름방학 하기 전에 서울로 전입신고를 했습니다.

이모네가 이사 가려면 한 달을 기다려야 했습니다. 이모네 집은 터가 넓어서 본채를 중심으로 ㅁ자로 행랑채도 있고 창고도 있었습니다. 우리 이삿짐은 이모네 창고에 맡겨놓았습니다. 오랜만에 아이들과 같이 우리 부부도 방학을 보냈습니다. 다섯 식구가 같이 외갓집도 가고 남편 친구네 집도 갔습니다.

동사무소에 전입신고를 하러 갔습니다. '아들딸 구별 말고 둘만 낳아 잘 기르자' 하더니, '둘도 많다, 하나만 낳아 잘 기르자' 하던 시절이었습니다. 동사무소 직원이 서류를 만들어 창구에서 "여기요, 식구가 하도 많아서" 하며 통명스럽게 던져주었습니다. 둘만 낳자고 하던 세월에 셋을 낳았는데, 둘도 많다는 시대가 되자 혜택을 받지 못하는 일이 많았습니다.

아이들은 자양국민학교로 전학했습니다. 한 학년에 19개씩 반이 있어 '맘모스 학교'라고 했습니다. 1, 2, 3학년은 오전 오후로 반을 나누어 등교했습니다. 너도나도 지방에서 서울로 오던 시절입니다. 그렇게 동경하던 서울인데 막상 와보니 사람은 많은데 각박하고 답답했습니다.

서울 온 지 두어 달 만에 평창에 볼일이 있어 갔다가 돌아오는데 강남고속터미널에 늦게 도착했습니다. 도로에는 차들의 빨간 후미등이 물결처럼 밀려가고 있었습니다. 순간 '내가 미쳤지. 여기를 왜 왔을까' 하는 생각이 들었습니다. 넓고 사람 많은 서울 한복판에서 아이들을 데리고 살아갈 일이 까마득하게 느껴졌습니다.

서울이 무섭고 힘들기만 한 것은 아니었습니다. 자양국민학교에서 학교 행사로 이틀 동안 바자회를 했습니다. 엄마들이 나가서 판매 봉사를 했습니다. 주방용품, 옷, 학용품 등 여러 품목을 팔았습니다. 그 가운데 책 코너가 있었습니다. 나는 서점 일을 해봤기 때문에 신나게 책을 팔았습니다. 제법 많이 팔렸습니다. 그 바람에 다른 엄마들과도 사귀게 됐습니다.

서울 학교는 뭔가 다르긴 달랐습니다. 방과후수업으로 합주부가 있었는데, 외부 강사가 와서 바이올린 수업을 했습니다. 큰딸이 바이올린을 배우고 싶다고 며칠을 졸랐습니다. 비용이 꽤 됐지만 레슨을 받기로 했습니다. 선생님에게 돈을 내니 바이

올린을 대행해서 사다주었습니다. 식구들은 모두 처음 보는 바이올린을 신기하게 만져보았습니다. 큰딸은 매일 대문짝 여는 소리를 내며 연습했습니다.

이사하고 그해 겨울을 자양동에서 났습니다. 남편은 처음 맡은 골재 사업을 많이 어려워했습니다. 이모부에게서 8톤 트럭을 인수하고 그 트럭을 몰던 기사까지 소개받아 채용했습니다. 그런데 겨울엔 골재 주문이 전혀 없었습니다. 트럭을 골목에 세워두고, 다달이 기사에게 급여를 주었습니다. 기사네 식구는 우리가 사는 집 행랑채에 세를 살았는데, 월급받은 날은 고기 굽는 냄새가 우리 집까지 구수하게 넘어왔습니다. 봄이 되고 잘 안 되는 사업은 빨리 정리하는 것이 상책이라며 골재 사업을 정리했습니다.

아들은 6학년이 됐습니다. 자양국민학교에 학생이 너무 많아 인근에 양남국민학교가 새로 지어져 아이들을 갈라 배정했습니다. 막내는 자양국민학교를 한 학기 다니고, 3학년 1학기에 새 학교로 전학했습니다. 당시 배재중고등학교가 강동구 고덕동에 새 학교를 짓고 있었습니다. 원래 있던 정동에서 이사할 예정이라고 했습니다. 강북 인구를 강남으로 분산하려고 시내에 있던 명문 고등학교들을 정책적으로 이전시키던 때입니다. 우리는 배재중학교 뒤에 지어진 고덕동 시영아파트로 이사했습니다. 아이들은 2학기에 고덕국민학교로 전학했습니다. 이게 다 아들을 배재중학교에 보내려는 노력이었습니다.

그런데 배재중학교 옆에 중학교가 새로 하나 또 지어졌습니다. 추첨으로 학교를 정하는 거라 배재중이 아니라 새 학교로 갈 수도 있는 노릇입니다. 발표가 날 때까지 가슴이 새까맣게 타들어가는 것 같았습니다. 발표가 났는데, 다행히 배재중이었습니다. 서울로 올라온 1차 목표가 이뤄졌습니다.

고덕동에 갑자기 아파트가 많이 지어지고 인구가 늘어나서, 집 옆에 국민학교가 또 하나 생겼습니다. 딸들은 고덕국민학교를 한 학기 다니고 이듬해에 새 학교로 또 전학했습니다. 그렇게 해서 아들은 3곳, 큰딸은 4곳, 막내딸은 모두 5곳의 국민학교를 다녔습니다.

방문판매
벨 누를 때
손이 떨렸다

서울의 아파트 입주 뒤
물비누 외판원으로
돈벌이하다

서울 강동구 고덕동 배재중학교 뒤 시영아파트에 입주를 시작
했습니다. 1984년 어느 여름날, 새벽 4시에 일어나 짐을 싣고
고덕시영아파트 20동으로 이사했습니다. 아파트 맨 뒷동이라
산이 가깝고 공기가 맑아서 좋았습니다. 아직 여름방학 전이어
서 아이들은 버스를 타고 며칠 동안 자양동까지 학교를 다녔습
니다.

　아파트 단지 들어가는 길목에는 우유, 훼미리주스, 신문 등
을 배달하는 사람들과 계란 장수도 있었습니다. 하나둘 장사꾼

이 생기더니 없는 것 없이 많이 생겼습니다. 나도 무엇을 할까 고민하는데, 친정엄마가 딸네 집에 온다는 핑계로 도라지 한 가마니를 갖고 오셨습니다. 엄마는 잠도 안 주무시고 밤새워 도라지를 까고 찢어서 손질했습니다. 다음 날 손질한 도라지를 한 근씩 달아 봉지에 쌌습니다. 손이 저울 같아 한 줌 쥐어 올리면 한 근입니다. 그러더니 엄마는 나보고 도라지를 팔아오라고 하셨습니다. 엄마가 같이 가는 줄 알고 기다리는데 "왜 빨리 안 가나" 하십니다. 엄마는 같이 안 가느냐고 하니 "그까짓 걸 혼자 못 팔고 같이 가나. 나는 마저 까고 있을 테니 혼자 팔아오너라"고 하셨습니다. 그렇게 길목 장사들 틈에 끼어 도라지를 팔았습니다. 엄마는 도라지 한 가마니를 잔뿌리 하나도 버리지 않고 알뜰히 벗겨 다 팔자 그날로 가셨습니다.

친정엄마는 뜬금없이 더덕도 부치고 가을이면 풋고추도 한 가마니씩 부쳐서 팔아보라고 했습니다. 아파트 단지에서 친정엄마가 보냈다고 좀 싸게 파니 잘 팔렸습니다. 남은 건 우리 식구가 먹었습니다. 서울에서 사먹는 것보다 싸게 먹을 수 있어서 좋았습니다.

우리 동 501호로 이사 온 집에는 우리 아들과 동갑인 쌍둥이 아들과 아래로 딸 하나가 있었습니다. 아이들이 있다 보니 자연히 엄마들끼리도 친해졌습니다. 쌍둥이 엄마는 생활력이 아주 강해서 무엇을 하든지 놀지 못하는 성격이라고 했습니다. 식용유 한 초롱을 사와서 열 명에게 나누어 팔았습니다. 가게에서 한 병씩 사는 것보다 싸니 사람들이 사먹었습니다. 그렇게 하면 한 병 분량이 남는 걸 자기네가 먹는다고 합니다. 쌍둥이 엄마는 무엇을 하든지 한 달에 20만 원 벌이는 해야 아이들 가르치고 밥 굶지 않고 살 수 있다고 했습니다. 몰라서 그렇지 은근히 밥 굶는 사람이 많다고 했습니다. 자기는 스물셋에 결혼했는데 전기기술자인 남편이 일을 안 해서 배곯은 적이 많았다고 합니다. 남편이 서른다섯부터 일을 시작했는데 이제 몇 해 안 되었다고 합니다.

쌍둥이 엄마가 애경유지 외판원을 하면 한 달에 40만 원은 벌 수 있다고, 나도 같이 하자고 했습니다. 자기는 고덕시영아파트를 맡을 테니 나보고는 명일동 삼익아파트를 맡으라고 합니다. 외판이란 집집이 문을 두드리며 방문판매를 하는 거라고 했습니다. 나는 외판에 자신이 없어서 한 달 동안을 밤새워 고민했습니다. 오늘 밤은 할 것 같은데 다음 날 밤에 생각하면 못할 거 같았습니다. 아무리 고민해도 마땅히 돈을 벌 만한 일이 없어서 눈 딱 감고 해보기로 작정했습니다.

나는 무엇을 하든지 첫 시도에 거절당하지 않고 팔리면 그 일은 성공하는 경험을 여러 번 했습니다. 내가 무엇을 팔든지 마수를 해줄 사람을 찾았습니다. 삼익아파트 입구에 트럭에다 채소를 파는 아저씨가 있었습니다. 나는 우리 집에서 꽤 거리가 먼 그곳까지 걸어 다니며 채소를 사먹었습니다. 나는 고덕동에 사는데 단골 아저씨 것을 팔아주려고 일부러 걸어서 온다고 생색냈습니다.

나는 난생처음 암사동에 있는 애경유지 대리점에 취직했습니다. 재정보증도 들어가고 보증금으로 20만 원을 냈습니다. 장사를 안 해본 것은 아니지만 외판은 처음입니다. 물건은 물비누와 섬유유연제, 락스 등 다양한 품목이 있었습니다. 처음 출근한 날 점장님이 내가 생전 처음 외판을 해본다고 삼익아파트 현장을 보고 간다며 따라와줬습니다. 기사는 무조건 아파트 안으로 쑥 들어가려고 했습니다. 나는 마수할 사람이 있으니 채소 장수 아저씨 앞에서 내려달라고 했습니다. 물건은 작은 손수레로 하나 됐습니다. 채소 장수 아저씨에게 "저 오늘부터 애경유지 외판을 해요. 아저씨가 마수를 해주시면 장사가 잘될 것 같은데…" 하니, 채소 장수 아저씨는 "당연히 팔아드려야지요" 하고 이것저것 많이 팔아줬습니다. 기분이 날아갈 것 같았습니다. 아주 잘될 것 같았습니다.

처음에는 남의 집 벨을 누르는 게 무슨 죄라도 저지르는 듯 해 손이 벌벌 떨렸습니다. "애경유지요~" 하며 한 열 집 벨을 눌렀을 때 한 집이 문을 열어주면서 물비누 한 병을 외상으로 달라고 했습니다. 외상으로 주고 월말에 돈 받으러 오라는데, 외상 장부를 적는 손이 덜덜 떨렸습니다. 수첩에 볼펜으로 글씨를 쓰지 못하고 점만 찍어댔습니다. 민망스러워서 쓰는 척하고 밖으로 나와 벤치에 앉아서 마음을 진정하고 나서야 외상 장부를 적을 수 있었습니다. 오후 5시가 되면 차가 와서 안 팔린 물건을 싣고 가고 거기서 바로 퇴근할 수 있습니다. 다음 날 출근하는 것이 즐겁지는 않았지만 무슨 일이든 시작하면 돌아서지 않고 밀고 가는 게 내 신조였기에 씩씩한 척 출근했습니다.

아파트 벨을 띵동띵동 눌러 "애경유지입니다~ 애경유지입니다~"하며 한참을 돌아다녔습니다. 어떤 할머니가 락스 하나를 사면서 "몇 살이유? 새파랗게 젊은 여자가 돈이 될 만한 일을 해야지, 이런 비누 쪼가리 팔아 돈을 벌겠수?" 했습니다. 그래도 할머니는 외상이 아니고 현찰을 내서 다행이었습니다.

어렵게만 생각되던 일도 한 열흘쯤 지나니 많이 익숙해졌습니다. 속을 뒤집어놓는 사람도 많지만 하다 보니 좋은 사람도 많이 만났습니다. 하루는 돌잔치 하는 집 앞을 지나가는데 "애경유지 아줌마, 식사하고 가세요" 하고 불러들였습니다. 멋쩍어서 안 들어가려고 하는데 내가 무슨 친척이라도 되는 것처럼 그 집 할머니가 반가워하며 한 상 차려줬습니다. 자기도 젊었을 때 화장품 외판원을 해서 아들딸 공부시켰다고 했습니다. 힘내라고 며느리도 사주고 자신이 가져갈 물건도 사서 매상을 많이 올려줬습니다.

일이 좀 익숙해질 무렵 주위를 둘러보니, 같은 외판을 해도 수입이 좋은 품목이 있었습니다. 신데라빵은 제과점급 빵인데 가정에 배달해주고 있었습니다. 슈퍼에서 파는 봉지빵보다 맛이 좋아 인기가 많았습니다. 나도 어떻게든 수입이 더 많은 신데라빵을 하고 싶은 쪽으로 마음이 자꾸만 기울어져 애경유지를 그만두고 싶다는 생각을 하던 때였습니다. 한 집에 문이 열려 있어 현관으로 들어서서 "계세요, 계세요" 하고 불렀습니다. 한참 있다가 젊은 여자가 머리에 물을 뚝뚝 떨어뜨리면서 욕실에서 나와 누가 우리 집에 들어오라고 했냐고 소리소리 질렀습니다. 문이 열려 있기에 들어왔다고 해도 뭐 내가 무슨 도둑이라도 되는 것처럼 계속 소리쳤습니다. 평생을 대문이고 안방 문이고 활짝 열고 살아왔던 나는 문간에 조금 들어섰다고 소리치는 서울 사람이 야박하고 야속하게 느껴졌습니다.

눈물이 멈추지 않았습니다. 아파트 벤치에서 양산을 눌러 쓰고 울다 울다 회사에 전화해서 물건을 반납했습니다. 회사에서는 잘하는데 왜 그만두느냐고 아쉬워했습니다. 보증금은 한 달 뒤에 돌려받을 수 있었습니다.

500 타래미
더덕이 도착하다

특별 작전처럼
밤낮을 노력해서 깐 더덕
100봉지를 팔다

농사를 많이 짓는 친정에서는 해마다 가을이면 더덕을 팔아달라고 부쳐왔습니다. 아니면 늦가을에 더덕을 캐서 땅속에 묻어두었다가 이른 봄에 팔아달라고 보내왔습니다. 아이들도 더덕을 먹고 자라서 더덕 반찬이면 최고로 생각하는데 서울에서는 비싸서 마음 놓고 해먹을 수가 없었습니다. 시골서 더덕이 오면 시골 가격보다는 좀 더 받고 서울 시장 가격보다는 많이 싸게 팔았습니다. 그렇게 하니 수월하게 팔려 더덕값을 보내주고도 우리 가족이 먹을 게 남았기 때문에 기쁜 마음으로 더덕 장사를 했습니다.

천호동에 살 때 어느 한 해는 친정에서 더덕을 한 근씩 짚으로 엮어서 500 타래미를 부쳐왔습니다. 잘못 보관하면 마르고, 오랜 시간을 노출시켜놓으면 썩어서 못 쓰게 됩니다. 친정은 집이 넓고 보관 장소가 자연 그대로여서 그냥 둬도 더덕이 잘못될 염려가 없지만, 서울 우리 집은 그렇지가 않습니다. 친정에선 자기네 생각만 하고 묻지도 않고 맘대로 많은 양을 부쳐서 사람을 아주 난처하게 만드는 때가 한두 번이 아니었습니다. 친정에 전화해서 "엄마, 물어도 안 보고 어떡하라고 이렇게 많이 부치셨어?" 하면 "그 사람 많은 곳에서 그걸 못 팔고 뭔 그런 소리를 하나?" 하셨습니다.

시골 사람이거나 나이가 있는 층은 그냥 껍질째 사가는 사람이 더러 있었습니다. 젊거나 서울 사람들은 절대 껍질째 사는 사람이 없고 까서 팔아야 사갑니다. 밤새워 더덕을 깠습니다. 수세미로 더덕을 빡빡 문질러 씻어서 물기가 마른 다음에 장갑을 끼고 칼로 살살 돌려 벗기다가 마지막 가느다란 꽁지 부분을 잘라냈습니다. 처음에는 더덕을 적당히 까서 씻어서 팔러 갔더니 무게 나가라고 더덕을 물 먹여 가져왔다고 하는 억울한 소리를 듣기도 했습니다.

무슨 일이든 자꾸 하다 보면 요령이 생기고 노하우도 생기는 것 같습니다. 열심히 까서 봉지에다 1킬로그램씩 담으니 20봉지가 되었습니다. 열 봉지씩 나누어 담아 양손에 들고 버스를 타고 성남시 모란장을 찾아갔습니다. 모란장에는 다양한 사람들이 다양한 물건을 가지고 모여들었습니다. 일찌감치 가서 자리를 잡고 잘 팔아보려고 했는데 모란장에서 더덕은 귀한 물건이 아니고 너무나 흔한 것이었습니다.

어떤 아줌마가 참나무 겨우살이를 둥둥산처럼 이고 팔러 왔습니다. 아주머니는 참나무 겨우살이를 달여 먹으면 항암 효과가 뛰어나다고 했습니다. 고혈압에 좋고 당뇨병에도 좋다고, 아주머니는 완전히 무슨 만병통치약이라도 되는 것처럼 병이란 병에는 다 좋다고 이야기를 하였습니다. 참나무 겨우살이는 나무도 아니고 풀도 아닌 것 같습니다. 투명한 줄기에 이파리가 양쪽으로 마주 보고 붙어 있는 게 신기하게 생겨서 무슨 비상한 약이 될 것 같기도 합니다. 진짜 그런 효능이 있는지는 모르지만 다들 벌떼처럼 모여들어 참나무 겨우살이를 샀습니다. 참나무 겨우살이가 다 팔리는 동안 나는 더덕을 한 봉지밖에 팔지 못했습니다. 모란장에서 더덕이 안 팔리니 어디를 가야 더덕을 팔 수 있을까 고민하다가 일단 보따리를 쌌습니다.

사람을 만나야 팔 수 있다고 생각하면서 찾아간 곳이 서울 강동구의 둔촌 주공아파트 상가였습니다. 둔촌 상가에 가서 여기저기 기웃거리며 마음씨 좋아 보이는 아주머니가 있는 집에 들어가서 강원도 더덕을 사시라고 하였더니 '웬 더덕이냐'고 반가워하며 사셨습니다. 아주머니는 입맛 없는데 잘 됐다고 저녁에 더덕구이를 해먹어야겠다며, 옆집 아주머니 보고도 강원도 더덕을 사라고 이야기해주었습니다. 한 봉지에 만 원씩 더덕 열아홉 봉지를 순식간에 다 팔았습니다.

더덕 파는 데 자신감이 생겼습니다. 열심히 깎았더니 다음 날은 30봉지나 되었습니다. 택시를 타고 천호동 상가로 찾아갔습니다. 시장이 가까워도 가게를 보는 분들은 시장에 갈 수 없으니 반가워하며 사주었습니다. 한참 신나게 팔고 찾아간 한 가게에는 아마도 점심을 먹으려고 하는 모양입니다. 남자도 있고 여자도 있고 사람들이 열 명 정도는 되는 것 같습니다. 사람이 많이 모였으니 많이 팔리겠구나 하고 더덕을 보여주었습니다.

아줌마들이 "더덕이다!" 하며 좋아하는 순간입니다. 한 남자가 자기가 더덕을 잘 안다고, 어디 보자 하며 더덕을 들여다보더니 강원도 더덕이 아니라고 합니다. 우린 지금 점심 먹어야 하니 아줌마 사기 치지 말고 어서 가라고 하였습니다. 순식간에 지나가는 생각입니다. '세상에 별사람도 다 보겠네. 더덕을 볼 줄도 모르면서 내가 자기네를 해롭게도 안 하는데 무슨 나쁜 물건이라도 파는 것처럼 쫓아 보내나.' 따지고 싶었습니다.

괜히 싸움을 하느라고 시간을 지체할 수가 없었습니다. 싸움하다가 소문이 나면 옆집에도 물건을 팔 수 없겠다 싶어서 얼른 보따리를 들고 나왔습니다. 자기가 쓰잘 데 없는 잡상인을 쫓아보냈다고 의기양양해 하는 남자의 소리를 뒤로하고 옆집으로 가서 더덕을 사라고 하였습니다.

어떤 집에서든지 아줌마들의 반응은 좋았습니다. 이상한 남자의 방해에도 불구하고 천호동 시장 주변 가게에서 더덕 30봉지를 다 팔았습니다. 그렇게 더덕 장사를 하다 보니 더덕을 판다고 소문이 나서 고맙게도 여기저기서 집으로 더덕을 사러 와주었습니다. 멀리서 모처럼 왔으니 그냥 보낼 수가 없어서 점심을 하는 동안 손님들은 씻어놓은 더덕 한 바구니를 다 까놓고 더덕을 사 가지고 갔습니다.

평소에는 사람이 좋은 것 같은데 물건을 살 때는 언제나 까다로운 이웃이 있었습니다. 이웃집 할머니와 사과를 한 상자 사서 반씩 나눴는데, 나더러 크고 좋은 건 다 골라가고 작고 못생긴 것은 할머니 가지라고 하였다고 일부러 전화해서 따진 적도 있었습니다. 어떤 사람은 더덕을 사러 왔는데 더덕 타래미를 있는 대로 다 뒤집어서 대보고 또 대보고 하면서 골랐습니다. 너무 고르느라고 물건을 다 헝클어놓으니 안 판다고 가라고 말하고 싶은 마음이 목구멍까지 올라오는 걸 억지로 참고 기다렸습니다.

생산자들도 하루 이틀 하는 것도 아니고 물건을 선별할 때는 기가 막히게 비슷한 크기로 잘도 짝을 지어 판매를 합니다. 너무 골라봐야 인심만 사나울 뿐인데 그 아줌마는 뭐 하러 소문나게도 그런 짓을 하고 사는지 모르겠다는 생각이 들었습니다. 마음대로 파 뒤집게 놔두었더니 더덕 한 바구니를 다 깔 때까지 다섯 타래미를 골랐습니다. 나를 봐서 큰맘 먹고 다섯 타래미나 산다고 생색을 내며 말도 안 되게 깎아달라고 해서 조금만 깎아주고 억지로 달래 보냈습니다.

고덕동 사는 이권사 님은 더덕도 사고 까주기도 하겠다고 아침 일찍 자기네 이웃을 세 명이나 데리고 왔습니다. 집 안에서 더덕을 까다 보니 바깥 날씨가 맑고 따뜻합니다. 소풍삼아 한강 고수부지에 가서 하자고 이권사 님이 제안을 하였습니다. 김밥과 음료수와 빵도 사고 더덕 보따리까지 챙기니 짐이 너무 많아서 택시를 불러 타고 고수부지로 갔습니다. 고수부지에서 더덕을 까니 더 잘되는 것 같습니다. 사람들은 더덕 본 김에 오랜만에 더덕장아찌를 만든다고 자기네가 깐 건 자기네가 다 사갔습니다.

더덕 500 타래미를 무슨 특별 작전처럼 밤낮을 노력해서 깐 덕분에 100봉지를 팔고, 여기저기서 안 깐 것도 사가고 하여 열흘 만에 다 팔 수 있었습니다. 고생한 보람이 있어 우리 식구도 더덕을 구워도 먹고 무쳐도 먹고 장아찌도 만들었습니다. 무언가 뿌듯하고 보람 있는 봄을 보낸 것 같았습니다.

딩동,
신데라빵이
왔어요

다리를 절름거리면서도
열심히 팔았던,
놓칠 수 없었던 빵 장사

신데라빵은 삼립에서 만든 가정배달용 빵이었습니다. 그동안
은 가게에서 삼립빵을 사먹었습니다. 신데라빵은 맛은 제과점
수준인데 가격이 싸서 불티나게 팔렸습니다. 서울 지역에서도
강동구 고덕동 시영아파트가 판매 1위라고 했습니다.

고덕동 시영아파트에서는 강원도 속초 사람 자매가 신데
라빵을 팔았습니다. 자매가 어찌나 수단이 좋고 말솜씨가 뛰어
나 엄청나게 많이 팔았습니다. 자매 중 동생은 결혼해 국민학교

다니는 아들이 둘 있었습니다. 동생은 남편이 자영업으로 돈을 많이 벌어서 굳이 빵 장사를 할 이유가 없는 사람이었습니다. 어찌하다가 빵 회사에 아는 사람이 있어서 고소득이라 소개받고 맡아 하게 됐답니다. 처음에는 많이 팔리니 신나서 몇 달은 했는데 동생이 버티지 못하고 그만두었습니다.

언니가 혼자서 맡아 하게 됐습니다. 언니는 당시에 서른일곱이었는데 결혼하지 않았습니다. 사람들은 언니를 '신데라 아줌마'라 불렀습니다. 신데라 아줌마는 사람이 아주 시원시원하고 좋았습니다. 스스럼없이 아무 사람이나 보고 "아줌마, 나 중매 좀 해줘" 했습니다. 사람들은 농담인지 진담인지 헷갈렸습니다. 나보고는 아줌마가 중매해주면 신데라빵을 넘겨주고 간다고 했습니다. 그때까지 장가 안 간 남편의 친구가 있었습니다. 나이는 사십으로 적당하고 직업도 중학교 선생님이어서 정말 중매하려고 했습니다. 신데라 아줌마는 키가 큰데 남편 친구는 그보다 작았습니다. 결국 중매하지 못했습니다.

사람 좋은 신데라 아줌마가 정말 시집가게 됐습니다. 집도 있고 직업도 괜찮은 마흔일곱 노총각을 만났다고 합니다. 만난 지 한 달 만에 결혼한다고 했습니다. 신데라빵을 그만두게 된 신데라 아줌마는 같은 강원도 사람이라고 나에게 하라고 넘겼습니다.

신데라빵을 맡은 건 좋은 일이지만 그때 마침 발목을 삐어서 거동이 한창 불편했습니다. 아파트 3층에서 계단을 내려오다가 왼쪽 엄지발가락에 체중이 실리며 주저앉았는데 병원도 가고 침을 맞아도 낫지 않았습니다. 그렇다고 지금 기회를 놓치면 다시 나한테 돌아올 확률은 없었습니다. 신데라빵은 아주 잘 돼서 일을 맡는 것이 어려웠습니다. 전임 신데라 아줌마가 얘기를 잘해줘서 나는 신데라빵 회사에 들어가게 되었습니다. 눈이 허옇게 쌓인 겨울 절름거리는 다리로 계단을 오르내리며 빵 배달을 하였습니다.

내일 팔 빵은 오늘 오전 중에 주문이 들어가야 합니다. 매일 아침 출근해서 물건을 체크해놓고 오면 차가 빵을 실어다 아파트 단지 길가에 내려놓고 갔습니다. 원래는 방문판매를 해야 하는데, 길거리에서 팔거나 주문이 들어오면 배달했습니다. 사람들은 일부러 와서 빵을 사갔습니다. 6학년인 아들이 같이 배달해주었습니다. 대학생인 막내 시누이가 와서 같이 배달해주기도 했습니다. 빵 상자를 두 줄로 내 키가 넘도록 받아도 빵은 다 팔렸습니다. 하루에 외상을 빼고도 현찰이 30만 원 이상 들어왔습니다. 늦가을에 삔 다리가 겨울이 지나고 봄이 와도 낫지 않았습니다. 나는 점점 더 다리를 절게 됐습니다. 그래도 그러다 낫겠지 하는 생각으로 일을 계속했습니다.

고덕 시영아파트는 출구가 아주 잘생긴 동네였습니다. 아파트 단지 사람들이 흩어지지 않고 정문 쪽 출구를 지나야 드나들 수 있었습니다. 길목 좋은 곳에 아예 자리를 잡았습니다. 옆에는 달걀 장수 할머니가 달걀을 쌓아놓고 팔고 아들이 배달을 했습니다. 우유 배달원도 우유가 남으면 옆에서 팔았습니다. 여러 사람이 작은 노점을 차려 장사했습니다. 아파트 입구가 작은 시장이 됐습니다.

많은 장수가 좁은 길목에서 잘 어울려 살았습니다. 여름이 되었습니다. 연세우유 아줌마가 스티로폼 상자에 얼음을 하나 담아서 나옵니다. 삼육우유 청년이든 훼미리주스 하는 50대 부부든 누구든 길목에서 장사하다가 목마르면 마음대로 시원한 얼음물을 먹었습니다. 얼음이 다 녹으면 동네 사람들이 얼음을 갖다 넣었습니다. 온종일 얼음이 떨어지지 않았습니다. 점심때가 되면 달걀 장수 할머니는 슬그머니 가서 금이 간 달걀을 따끈따끈하게 프라이를 해서 냉면 대접에 가득 차게 담아놓습니다. 아무나 먹고 싶은 사람은 다 먹을 수 있었습니다. 동네 사람들이 수제비를 끓이면 한 대접 갖다줬습니다. 젊은 새댁이 칼국수를 끓여 갖다주기도 했습니다. 사람들은 자기가 가진 걸 내놓고 같이 먹었습니다.

잘 돌아다닐 수가 없어 잘 아는 사람을 하나 채용해서 배달을 시켰습니다. 이 사람 저 사람 일을 같이했는데 항상 마감할 때는 외상을 제하고도 판 것보다 돈이 모자랐습니다. 몇몇 손님은 갖다 먹기만 하고 돈 내는 법이 없어서 절름거리며 돈을 받으러 갔습니다. 한참을 띵동거려도 기척이 없었습니다. 어렵게 왔으니 "계세요? 계세요?" 하며 문을 쾅쾅 두드려봤습니다. 그제야 아줌마가 나오더니 너희 배달원이 다 받아 갔는데 무슨 돈을 달라 하느냐고 소리소리 지르면서 경찰을 부르겠다고 했습니다.

같은 동에 사는 마음씨 좋고 착한 아줌마가 있었습니다. 빵도 많이 팔아주고 반찬도 갖다주고 갖은 친절을 다하는 아줌마였습니다. 혼자 하기 힘든데 자기가 도와주면 안 되겠냐고 했습니다. 같이 일을 시작한 아줌마는 빵을 팔아보더니 엄청 좋아했습니다. 자기 평생 이렇게 현찰을 많이 만져보는 게 처음이라고 했습니다. 한 열흘을 같이 장사했습니다.

어느 날 회사에서 나를 부르더니 그 아줌마에게 빵 장사를 넘기라고 했습니다. 아줌마가 회사에 가서 신데라 아줌마가 많이 아프니 자기한테 맡겨달라고 했답니다. 나는 그렇게 밀려나고 말았습니다.

이혼한다는
부부를 화해시킨
압력솥

냄비가 요리하는
요리 강습을 주선해
냄비 세트를 받다

서울 강동구 고덕동에서 병든 채 천호동으로 이사했습니다. 사람이 살면서 발목을 삐는 건 흔한 일인데, 그게 화근이 되어 다리를 절고 이제는 여러 합병증으로 아예 몸져누웠습니다. 아파트 전세금을 빼서 내 약값으로 다 쓰고, 천호동 그것도 아주 사연 많은 어느 집 지하방으로 이사했습니다. 시골에 집도 있고 땅도 있지만 부동산은 팔리지 않았습니다.

살자니 아프고 돈도 없고, 죽자니 어린애를 셋이나 놔두고 죽을 수 없었습니다. 고작 하는 일은 누워서 끝없이 눈물을 흘리는 것뿐이었습니다. 사람 몸이 70퍼센트는 물이라고 하더니 울어도 울어도 눈물은 마르지 않았습니다. 꼭 살아야겠다는 간절한 마음이 통했는지 몸져누운 지 4년 만에 기적적으로 일어날 수 있었습니다.

하루는 앞집에 사는 새댁이 자기네 집에서 요리 강습을 하니 구경 오라고 했습니다. 나는 그때까지 양은 냄비를 쓰고 살았습니다. 그나마도 냄비 손잡이가 망가져 바꿔야지 마음먹고 있을 때였습니다. 강습에서는 휘슬러(독일 주방 기구 브랜드)라는 냄비를 가지고 요리를 요술처럼 하고 있었습니다. 냄비에 재료를 넣고 김만 나면 요리가 다 돼서 나왔습니다. 복잡하고 어려운 약식도 김만 오르면 5분 내로 뚝딱이었습니다. 사람이 요리한다기보다는 냄비가 요리했습니다.

요리 강습을 하는 동안 맛있는 여러 음식을 먹어볼 수 있었습니다. 요술처럼 요리해내는 냄비는 좋은 만큼 아주 고가였습니다. 요리 강습 장소를 제공한 새댁은 형편이 넉넉해 냄비를 풀세트로 샀습니다. 무척 탐나는 냄비였지만 내 형편으로는 사볼 엄두조차 낼 수 없었습니다.

요리 강습자의 명함을 받아들고 어떻게 하면 나도 저 좋은 꽃 냄비를 써볼 수 있을까 연구했습니다. 다음 날 전화해서 요리 강습을 열어줄 테니 판매액의 10퍼센트를 줄 수 있느냐고 물었습니다. 장소만 제공하고 사람을 모아주면 그렇게 하겠다고 했습니다.

이웃집에 부탁해 강습을 열었습니다. 판매액의 10퍼센트를 돈으로 주는 줄 알았는데 물건으로 줬습니다. 그래도 처음 강습을 연 날 물건이 많이 팔려서 3리터짜리 압력솥을 하나 받을 수 있었습니다. 냄비 세트가 갖고 싶었지만 아는 사람이 별로 없어서 강습 장소를 제공하기가 쉬운 일이 아니었습니다.

두 번째 강습을 열 집이 마땅치 않았습니다. 옆집에 아들하고 사는 할머니한테 "할머니네 집에서 요리 강습 한번 하면 안 될까요?" 하고 물어봤습니다. 그냥 지나가는 소리로 해봤는데 할머니는 그게 뭐 어려운 일이냐며 와서 하라고 했습니다. 요리 강습 장소를 제공한 할머니는 젊어서 보석 장사도 하고 여러 일을 해서 돈을 많이 벌어봤다고 했습니다. 지금은 형편이 별로 좋은 편이 아니었습니다.

할머니는 요리 강습을 보자 눈이 번쩍 뜨였습니다. "세상에나 이렇게 좋은 냄비가 다 있다니 나도 사야겠다" 하면서 커터기(분쇄기)도 사고 냄비 세트도 산다고 했습니다. "할머니, 너무 욕심부리지 말고 커터기나 하나 사세요" 하고 말렸습니다. 할머니는 "아니래. 나도 좋은 냄비 한번 써보고 죽어야지" 했습니다. 할머니네 형편을 뻔히 아는데 괜히 요리 강습을 하자고 했나 후회스러웠습니다. 할머니는 끝내 아들 카드를 꺼내 냄비 세트를 열 달로 긁었습니다.

살림살이에 무척 관심이 많은 앞집 새댁이 있었습니다. 새댁은 직장을 다니다 결혼해서 살림을 무척 잘하고 싶어 했습니다. 시집은 시아버지가 사업하고 신랑도 직업이 좋아서 단독주택 건물에 살았습니다. 거저 준 것도 아니고 판 것인데도, 새댁은 나를 통해 타파웨어(미국 플라스틱 주방용품 브랜드. 밀폐용기의 고유명사처럼 불림)를 사고 "아줌마, 고맙다"고 인사를 여러 번 했습니다. 애경유지 외판을 할 때 삼익아파트에서 소개받은 것이었습니다. 살림이 너무 예뻐서 잠이 잘 오지 않는다고 했습니다.

그러던 새댁이니 휘슬러 냄비를 보자 당장 사고 싶어 했습니다. 힘 안 들이고 요리 강습을 할 수 있었습니다. 새댁은 그날 소개한 제품을 몽땅 샀습니다. 300만 원 넘는 돈을 카드로 결제했습니다. 새댁은 손아래 동서한테도 자랑해서 동서도 냄비를 사고 압력솥도 샀습니다.

한 달 뒤 카드 고지서가 나오자 새댁네 남편이 난리가 났습니다. 남편은 이 여자가 살림살이를 300만 원어치나 카드로 긁었다고 시어머니한테 일렀습니다. 나이 어린 동서를 꼬드겨 동서도 어마어마한 돈을 주고 냄비를 사게 했다고 집안 망하게 할 여자라고 했습니다. 누나들한테도 일일이 전화해 냄비 산 얘기를 하면서 이혼한다고 했답니다. 새댁은 남편이 그렇게 쩨쩨한 사람인 줄 몰랐다며 자기 쪽에서 이혼하겠다고 했습니다.

티격태격 한창 싸움하는 동안 새댁네 남편 회사에서 야유회를 갔습니다. 새댁은 야유회 전날 저녁에 남편을 불러 냄비 쓰는 방법을 알려줬습니다. 쌀을 씻어 압력솥에 담고 먹을 때까지 10분도 걸리지 않습니다. 큰 압력솥에는 맛있게 재운 갈비도 담아주었습니다. 예쁜 타파웨어 통에는 온갖 식재료를 차곡차곡 담아줬습니다.

새댁 신랑 팀은 야유회에서 좋은 냄비로 밥도 하고 갈비찜도 하고 낙지볶음도 하고 온갖 음식 잔치를 다 했는데, 다른 팀은 아직도 밥을 하고 있었습니다. 다른 팀들이 이 팀은 어떻게 이렇게 빨리 해먹을 수 있냐고 구경을 왔더랍니다. 역시 팀장님네는 살림살이도 다르다고 칭찬을 많이 했다고 합니다. 새댁 신랑은 야유회에서 돌아와 자기 아내가 이렇게 똑 부러지게 살림을 잘하는 사람인 줄 미처 몰랐다고 많이 미안하다고 사과하더랍니다.

이렇게 한 달 동안 열심히 요리 강습을 열었더니 자다가도 소원인 휘슬러 냄비 세트를 받을 수 있었습니다. 요즘 말로 냄비 '사용 후기'를 들어보니, 휘슬러 냄비는 내가 써도 후회가 없고 남을 소개해줘도 욕먹지 않을 좋은 제품임이 틀림없어 보였습니다. 장사가 이 정도로 잘되면 소개해줄 게 아니라 내가 회사에 입사하면 아무래도 떼돈을 벌 것 같았습니다. 나는 어떻게 하면 회사에 입사할 수 있는지 궁리하기 시작했습니다.

사무실에 생긴
내 책상과 전화

전화해서 입사한
냄비 회사,
길에서 만난 사람들

요리 강습 장소를 소개한 것만으로 너무 쉽게 냄비 세트를 받고 나니 회사에 입사하고 싶다는 생각에 몰두하게 됐습니다. 전문으로 일한다면 요리 강습은 얼마든지 성사시킬 수 있을 것 같았습니다.

주말에 가족들과 저녁 식사를 하며 나는 휘슬러 회사에 들어가야겠다고 말했습니다. 가족들은 다 반대했습니다. 여태껏 죽을 뻔하고 앓다가 이제 겨우 살아났는데, 집에서 살림만 해도 버거울 판에 무슨 소리를 하느냐고 했습니다. "세상살이가 어찌 그리 쉬울 수만 있겠나. 그래도 건강해졌으니 한 살이라도 젊을 때 뭐라도 해봐야 하지 않겠나?" 주부를 상대하고 제품이 좋고 고가여서 그리 어려운 일이 아닐 거라고 설득했습니다.

혼자 생각에는 마진도 아주 좋을 듯했습니다. 회사에 입사도 하기 전에 첫 요리 강습에 성공할 수 있는 장소도 물색했습니다. 예식장 폐백실에 다니는 발이 넓은 옆집 아주머니가 있었습니다. 일부러 점심을 잘 차려 아주머니를 초대했습니다. 웬일로 이렇게 점심을 잘 차렸냐고 깜짝 놀랐습니다. 이웃에 살면서 식사도 한 번 같이 못해서 오늘은 일부러 점심 준비를 했노라며 많이 드시라고 했습니다.

점심을 먹고 내가 냄비 회사에 입사하려는데 요리 강습할 장소를 소개해달라고 했습니다. 첫 시작이니 실패하지 않고 꼭 살 만한 집으로 해달라고 부탁했습니다. 강습 장소를 제공한 집에는 사은품도 많이 주고 아주머니에게도 선물을 드리겠다고 약속했습니다.

요리 강습을 주선할 때 받은 에이전트의 명함에 회사 전화번호가 있었습니다. 회사에 무작정 전화해서 일해보고 싶다고 하니, 이력서를 가지고 와보라고 했습니다. 회사에 찾아가니 실무 과장님이 몇 마디 물어보고는 나를 사장실로 데려가서 소개해줬습니다. 사장님은 다른 외판보다 주방 기구를 파는 일이 쉽지 않을 거라고 했습니다. 열심히 해보겠다고 하니, 그럼 한번 해보라고 합니다.

보통은 에이전트와 요리 강사가 짝을 이뤄 일하는데, 나는 처음이니 강습이 잡히면 그날 일이 없는 강사가 지원해주는 체제로 하기로 했습니다. 마진이 좋을 거라 기대했는데, 마진은 30프로이고 그중에서 강사비로 10프로를 뗀다고 했습니다. 판매 금액의 20프로를 갖는 장사였습니다.

출근하니 사무실에는 내 책상과 전화가 있었습니다. 나를 '전 여사'라고 부르며 명함도 새겨주고 각종 카탈로그도 주었습니다. 밑천이 드는 것도 아니고 그만하면 취직은 잘한 것 같았습니다. 나와 같은 날 입사한 사람이 또 있었습니다. 그 사람은 30대로 '이 여사'라고 했습니다. 이 여사는 유능한 사원의 소개로 입사했다고 합니다. 서울에서 중학교 생물 선생님으로 10년 동안 근무했고 최근에는 중학생 과외 공부를 지도하다가 와서 아는 사람이 아주 많았습니다.

회사에 입사하고 옆집 아주머니가 소개해준 집에서 첫 요리 강습을 열었습니다. 젊은 아기 엄마 집이라 강습을 보러 온 지인들도 아기 엄마들이어서, 세 살, 다섯 살 되는 아이가 일곱 명이나 왔습니다. 아이들이 다쳤다는 소리를 들을까봐 아이들을 열심히 데리고 놀았습니다. 첫 요리 강습을 한 강사는 그동안 소개해서 성사된 강습에서 몇 번 본 분으로, 회사에서도 베테랑 강사라고 했습니다. 요리 강습 결과가 좋았습니다. 지금껏 경험으로 봐서 무슨 일이든 첫 번에 성공하면 그 일은 순조로 웠습니다. 길조라고 생각했습니다.

의기양양해서 두 번째 강습을 열었습니다. 나를 잘 아니까 또 지원해주겠다고 늘 하던 강사가 강의했습니다. 아무도 사는 사람이 없었습니다. 강사는 자기는 강습만 열면 어떻게든 많이 판다고 큰소리하더니, 허탕을 치자 돌변했습니다. "살 사람 인지 안 살 사람인지 구분도 못하고 강습만 열면 되는 줄 알아요?" 40대 중반인 나를 보고 "노인네가 말이야, 슬슬 소개나 해주고 선물이나 챙기고 그러면 얼마나 좋아. 그렇게 쪼르르 입사하고 보니 어디 잘됩디까?" 하며 나무랐습니다. 나는 무슨 큰 죄라도 진 것처럼 아무 말을 못했습니다. 누구 소개로 간 것도 아니고 나 혼자 전화해서 입사했기에 내 편을 들어줄 사람이 없었습니다.

회사 출근은 오전 9시까지입니다. 잠시 회사 지침을 듣고 강습이 있는 사람들은 강습 장소로 가고, 강습이 없는 사람들도 '추라이'(try, 요리 강습 추진)를 하러 밖으로 나갔습니다. 같이 입사한 이 여사는 한참 여기저기 전화하고 목적지를 정하고 사람들을 만나러 갑니다. 나도 남들이 나갈 때 사람들 틈에 끼여

사무실을 나옵니다.

　나는 서울에 아는 사람이 없습니다. 아는 이웃들은 입사하기 전에 남을 소개해줘서 다 해먹고 없습니다. 이 여사가 어디로 가느냐고 묻습니다. 나는 "묻지를 마, 정처 없는 이 발길이여" 하며 무조건 전철을 타고 가다가 아파트가 많이 보이는 지역에 내렸습니다. 대치동의 한 아파트 단지로 들어가 카탈로그에 명함을 붙여 돌렸습니다. 점심도 못 먹고 오후 4시가 되도록 돌렸는데 야속하게도 누구 하나 받아주는 사람이 없었습니다. 30년도 더 지난 일이지만, 지금도 그 아파트 앞을 지날 때는 가슴이 서늘해집니다.

　다음 날은 당시 다니던 교회의 노원구 지성전이 있다기에 무조건 상계동 쪽 전철을 타 자리에 앉았습니다. 전철은 많이 복잡했습니다. 나이가 꽤 많은 남녀 일곱 명이 내 앞으로 쭉 서서 이야기하며 갔습니다. 이 사람들은 혼자가 아니라서 외롭지 않겠다고 생각하며 가다가, 서 있는 사람 중 나이 많은 여자분에게 앉으시라고 자리를 양보했습니다. 그리고 망설이다가 나는 이런 사람이라고 명함이 붙은 카탈로그를 드렸습니다.

　한참을 들여다보던 여자분은 내게 어디로 가냐고 물었습니다. 나는 시골에서 와서 아는 사람이 아무도 없는데 무조건 상계동으로 간다고 했습니다. 여자분은 자기는 말죽거리에 있

는 어느 교회 목사인데, 상계동에 사는 성도 집으로 가을 첫 심
방을 가는 길이라고 했습니다. 자기네를 따라가서 예배를 같이
드리고 점심을 먹고 가라고 했습니다.

성도네 집에 가니 처음 보는 나를 반가워해줬습니다. 목사
님은 카탈로그의 내 이름을 보시고는, 전순예 씨가 좋은 사람
많이 만나서 사업 잘되게 해달라고 기도해줬습니다. 점심을 먹
고 나니 그 집의 성도님이 자기네 아파트 단지가 넓으니 나가
보라고 했습니다.

힘없이 아파트 앞을 걸어가는데 소금을 산더미처럼 쌓아
놓고 여자 둘이 서로 점심 교대를 하고 있었습니다. 아파트 부
녀회에서 가을 김장 소금을 판매하는 중이라고 했습니다. 마침
교대한 사람이 아파트 부녀회장이었습니다. 사람을 제대로 만
났습니다. 요리 강습을 소개해주면 판매액의 10프로를 드리겠
다고 했습니다. 부녀회장이 반장들한테 소개해줘 가구수가 많
은 복도식 아파트의 층별로 강습할 수 있었습니다. '정처 없는
이 발길'도 많이 걸으니 좋은 일이 생겼습니다.

"강원도 사람이라
말보다 요리가
빨라요"

'추라이'만 하다가
직접 해본 첫 요리 강습

요리 강습을 한번 하자면 회사에서 차를 지원받아야 하고 강사
도 지원받아야 했습니다. 상계동에서 강의는 여러 번 했는데 성
과는 별로 좋지 않았습니다. 강사들은 아주 깔끔하고 예쁘게 차
리고 다녔습니다. 강사라는 자부심이 대단했습니다. 강습을 열
었을 때 실적이 좋으면 자기가 잘한 것이고 실적이 좋지 않으
면 늘 통통거렸습니다.

애경유지 외판을 할 때 알게 된 고객 집에서 요리 강습을
했습니다. 그날은 주최 쪽에서 풀세트를 구매했습니다. 같이 간

손 강사는 이 제품이 수세미로 빡빡 닦아도 검은 물이 나오지 않는다고 설명하며 요리했습니다. 다음 날 그 집에서 오라고 했습니다. 어디 요리 강습이라도 열어주려고 오라는 줄 알고 신나서 갔더니 "아줌마 닦아도 꺼면 물이 나오지 않는다더니 개뿔. 빡빡 닦았더니 아주 시꺼먼 물이 나오더구먼" 합니다. 시꺼먼 행주를 한 뭉텅이 들고 눈이 있으면 이거 보라고 흔들어댑니다. "어디 사기 칠 데가 없어서 나한테 와서 사기를 쳐요? 사기꾼 같으니."

냄비에서 나온 까만 물은 연마제입니다. 처음 사용할 때 잘 닦고 쓰면 문제없는데, 강사가 조금 오버해서 설명한 게 사달이 났습니다. 그 고운 새 냄비를 억센 수세미로 빡빡 닦았답니다. 나한테 한참을 숨도 안 쉬고 삿대질하며 침을 튀기면서 쉴 새 없이 다발다발(쉬지 않고 따발총같이) 이야기합니다. 냄비 세트를 전부 문밖에 내놓더니 시꺼먼 행주도 획 던져놓고 "반품할 테니 아줌마가 책임져요" 했습니다. 문을 두드려도 다시는 문을 열어주지 않았습니다.

혼자 한 번에 나를 수 있는 양이 아닙니다. 아무 대책도 없고 맨손인데 어찌할 수 없어서 압력솥 두 개를 들어 저만치 옮긴 뒤 냄비를 옮겼습니다. 엘리베이터를 타고 내려와, 공중전화 부스까지 찾아가는 데 한참 걸렸습니다. 회사에 전화해서 자초

지종을 이야기했더니 지금 차가 없으니 두어 시간만 기다리라고 했습니다. 나무 밑 벤치에 냄비를 옮겨다놓고 머주하게(기운 없이 멍하게) 앉아 기다리는데 세 시간이 지나도 차가 오지 않았습니다. 자꾸만 눈물이 나려 해서 눈을 껌벅거리며 먼 산을 바라보기를 네 시간. 그제야 차가 와서 냄비를 가져갔습니다.

다음 날 출근했을 때 강사는 애써 팔았더니 반품을 받아왔다고 많이 화냈습니다. 강사도 반품하는 아줌마처럼 내가 말할 틈을 주지 않았습니다. 다른 강사들은 '새 냄비는 처음엔 식초를 한 방울 넣고 끓여서 부드러운 행주로 닦아 쓰세요' 하던데 무슨 수세미로 빡빡 닦아도 괜찮다고 해놓고서 말입니다.

며칠을 쉬었습니다. 가족이 집에서 살림만 하라고 할 적에 그냥 집에 있을걸, 하는 생각도 듭니다. 남들은 잘도 하던데 나는 왜 이리 무능하고 재주가 없는지 한탄스럽기도 합니다. 내가 살아가기에는 너무 벅차고 힘든 세상임이 틀림없습니다. 아이들을 바라보면서 쟤들이 크면 '우리 엄마도 뭘 한다고 하더니 그만두기도 잘하더라' 하며 나를 닮을까봐 일을 그만두지 못했습니다.

며칠이 지나 출근했을 때 입사 동기 이 여사가 제일 반가워했습니다. 내 눈에 이 여사는 세련되고 못하는 게 없는 팔방미인이었습니다. 그런데 이 여사도 애로가 있기는 마찬가지였습니다. 이 여사도 손 강사한테 왕창 깨졌다고 합니다. "강사나 나나 다 냄비 장사지, 뭐 그리 대단한 사람처럼 난리냐"고 했습니다. 더러워서 자기도 강사를 하고 말겠답니다.

며칠 뒤 이 여사가 자기는 강사로 일하기로 회사랑 얘기했답니다. 사장실에 찾아가서 "이 여사는 강사를 한다는 데 나는 어떻게 할까요?" 했더니, 사장은 "뭘 어떡합니까? 하면 되지" 합니다. '추라이'도 하고 강습도 하라고 합니다. 며칠 뒤 이 여사는 주방업계에서 유능하기로 소문난 에이전트를 영입했다고 했습니다. 이 여사 팀은 에이전트가 '추라이'를 잘하지, 본인 고객도 많이 있어서 한 달 내내 바쁘게 일하더니 곧바로 판매 1등을 했습니다. 이 여사는 입사 동기라고 나를 많이 생각해줬습니다. 전 여사는 어디 아는 에이전트 없느냐고, 강사만 해야지 혼자서는 힘들다며 어디 사람이 있나 알아봐주겠다고 했습니다.

어느 날 언젠가 명함을 줬던 보험회사에 다니는 강 여사라는 분한테서 연락이 왔습니다. 삼성동에 있는 어느 보험회사로 오라고 했습니다. 강 여사는 보험 실적이 아주 좋은 팀장이었는데, 내가 자기네 회사 보험판매원 시험을 봐주면 자기네 회사가 있는 건물의 사무실마다 요리 강습을 주선해주겠다고 했습니다. 이 좋은 기회를 놓칠 수 없어서 시험을 보겠다고 했습니다.

본업인 회사로 출근했다가 또다시 보험회사로 가서 시험

공부를 했습니다. 한 달을 엄청 바쁘게 지냈습니다. 공부 시늉은 했지만 시험에 붙어서 보험회사에 입사할 처지는 아니었습니다. 나는 강 여사에게 보험에는 새로운 용어가 많고 어려워서 아무래도 합격하지 못할 것 같다고 엄살을 피웠습니다. 결국 시험에 떨어져서 내 체면은 말이 아니었습니다. 강 여사는 내가 시험에 떨어졌는데도 약속대로 요리 강습을 열어줬습니다.

그때까지 나는 에이전트로 '추라이'만 하고 요리 강사를 데리고 다녔습니다. 강 여사는 내게 강사를 데리고 오지 말고 직접 요리 강습을 하라고 했습니다. 강 여사는 자기네 집에 냄비 살 사람을 다 불러놓았습니다. 친구들한테 "오늘 전 여사가 강사로 입문하는 날이니 한 사람도 빠짐없이 다 사야 한다"고 했습니다. "우리 모두 서로 잘 아는 사이니까 떨지 말고 마음 놓고 강습하라"고 했습니다. 모인 사람들에게 요리해서 점심을 먹이려고 일부러 재료를 많이 준비했습니다. 어깨너머로 배운 요리를 열심히 했습니다.

인덕션(전자기 가열 기구)이 처음 나온 때여서 실습용으로 가지고 다녔습니다. 인덕션 위에 휴지를 올리고 냄비를 얹어도 휴지는 타지 않고 요리가 되는 신기한 실습을 보여줬습니다. 휴대용 가스레인지 두 개와 인덕션까지 불 세 개를 놓고 요리하니 엄청 빨리 음식을 만들 수 있었습니다.

얼굴이 뻘게 가지고 더듬거리며 "나는 강원도 사람이어서 말이 느려 말보다 요리가 먼저 된다"고 엄살도 떨었습니다. 사람들은 "아이고 말도 잘하네" 하며 박수 치면서 경청해줬습니다. 한참 요리하며 설명하다 보면 요리 강습을 많이 봤던 어떤 사람이 "냄비 밑에 불이 있어야지 절대로 냄비 바닥 넘어가게 불이 붙으면 안 된다고, 이 냄비는 큰 불과는 절대 이혼해야 한다던데, 그 소린 왜 안 해?" 합니다. 그러면 나는 "아이참, 잊어버렸네" 하고 다시 설명했습니다.

강습이 끝나자 안 사는 사람이 없었습니다. 3리터짜리 솥이 있는 사람은 5리터짜리 솥을 하나 더 샀습니다. 딸내미 시집 보낼 때 준다고 냄비 세트를 미리 사는 사람도 있었습니다. 이렇게 파워 있는 강 여사를 만나서 요리 강사로 데뷔한 첫 강습에서 대박이 났습니다.

명함은
민들레
씨앗

어딘가에서
싹이 날 거라는 생각에
열심히 뿌린 명함

주방 기구 판매 에이전트라는 내 직업은 끊임없이 새로운 요리 강습 장소를 만들어내지 않으면 할 수 없는 일이었습니다. 어느 곳 하나 오라는 데도 없고 갈 데도 없습니다. 한 장소에서 강습 할 때면 어떤 사람이 살 사람인지, 어떤 사람이 주변에 영향력 있는 사람인지 살펴봐야 합니다. 한 번에 여러 마리 토끼를 잡으려니 신경을 많이 써야 했습니다. 입으로는 말하고 손으로 요리하면서 엄청 신경 쓰며 하지만 언제나 생각대로 되는 건 아니었습니다.

한 달에 한 열흘은 요리 강습을 성사시키는 데 심혈을 기울였습니다. 어느 봄날, 서울 강동구 길동의 보험회사 지국이 있는 고층 빌딩에 엘리베이터를 타고 꼭대기까지 올라갔습니다. 위에서부터 한 층 한 층 내려서 들를 작정이었습니다. 건물 꼭대기 층에서 아래를 내려다보니 너무 막막하고, 모르는 사무실 문을 열고 들어갈 용기가 나지 않았습니다. 내가 꼭 이렇게 해야 하나 생각하니 이 일을 그만둬야겠다 싶어서 그대로 내려와 집으로 왔습니다.

집 앞에서 짐 보따리를 잔뜩 든 옆집 아주머니와 마주쳤습니다. "오늘처럼 따뜻한 봄날, 같이 고수부지로 소풍이나 가자"고 했습니다. 웬 소풍이냐고 물어보니 집에 있기가 따분해 밥과 김치만 싸서 가려던 참이라 합니다. 반가운 일이었습니다. 나도 집으로 혼자 들어가봐야 별 볼 일 없는 날이었습니다. 얼른 따라나섰습니다. 가다가 빵과 음료수를 사서 고수부지 안 민들레가 한창 핀 풀밭에 자리를 폈습니다. 하늘을 쳐다보며 아주 한가한 여인들처럼 행복해졌습니다. 먹고 떠들며 한참을 있다 보니 옆에 피어 있던 민들레 꽃대가 눈에 보이게 쑥 자라면서 솜털 같은 씨앗이 멀리 날아가고 있었습니다. 어디서 날아왔는지 내 옆 풀밭에는 솜털 같은 씨앗이 내려앉고 있었습니다.

바로 이거다 싶었습니다. 내가 가진 주무기인 명함을 많이 뿌리면 민들레 씨앗처럼 어딘가에서 싹이 날 거란 생각이 들었습니다. 강가 풀밭에서 날던 민들레씨를 보고 용기가 났습니다. 다음 날 다시 길동 보험 지국을 찾아갔습니다. 주부들을 만나기에는 보험회사만큼 좋은 곳이 없습니다. 용기를 내 회사 문을 열고 들어갔습니다.

처음 간 사무실의 소장은 남자였습니다. 용기를 내서 나는 이런 사람이라고 명함과 카탈로그를 건네며 이야기했습니다. 소장님은 무뚝뚝한 목소리로 "우리는 그런 거 안 해요" 했습니다. "보험 판매원들도 다 같은 주부인데 세일하기 힘드니 장소만 좀 제공해주시면 팔고 못 팔고는 제가 책임질게요" 사정했습니다. '다 같은 주부'라는 말이 재밌었는지, 소장님은 먼 산을 바라보며 씩 웃더니 "그럼 하세요" 했습니다. "언제 할까요?" 하니 "내일 당장 해요" 했습니다. 다음 사무실로 갔습니다. 다음 사무실에서도 안 한다고 합니다. "저 사무실에서는 하라던데요?" 했더니 "그럼 우리 사무실에서도 해요" 했습니다. 그렇게 시작해 8개 사무실 모두 다 할 수 있었습니다.

한번은 어떤 건물 엘리베이터를 탔는데, 남자 둘이 자기는 머리카락만 난다면 천만 원이 들어도 약을 사다 바르겠다고 하는 대화를 들었습니다. 이 사람은 돈이 많은 사람이구나 싶어 따라가서 명함과 카탈로그를 주며 열심히 요리 강습 이야기를 했습니다. 전철에서 살림살이 광고를 유심히 보는 아저씨한테도 명함을 건넸습니다. 보험 들라고 하는 민 여사에게도 명함을 줬습니다. 건강식품 파는 할머니한테도 명함을 줬습니다. 명함을 돌린다고 연락이 막 오는 것은 아니었습니다. 민들레씨가 바람을 타고 정처 없이 날아가 풀밭에서도 싹이 나고 길가에서도 꽃을 피우듯, 명함 받은 사람 가운데 가끔 연락이 와서 늘 요리 강습을 할 수 있었습니다.

하루는 컴컴한 새벽에 전화벨이 따르릉 울렸습니다. 새벽에 무슨 전화지, 의아해하며 받았는데 웬 남자 목소리가 들려왔습니다. 전순예 씨냐고 물어 누구시냐고 했더니, 자기는 전철에서 명함을 받은 사람인데 독일제 냄비를 판다면서요? 했습니다. 무슨 큰일이라도 난 것처럼 딱딱거리며 물었습니다. 그런데 무슨 일이냐고 하니 어제 친구 집에 갔는데 내가 준 카탈로그 속 냄비와 똑같은 걸 쓰고 있더랍니다. 너무 좋아 보여 우리 마누라한테도 사주려고 하니 날 밝으면 빨리 당신한테 있는 모든 제품을 가지고 오라고 했습니다.

부랴부랴 준비해서 그 집에 갔습니다. 남자는 좋은 살림살이를 다 사준다는데 아주머니는 도리어 시큰둥해서 "뭐가 그리 급해 이 난리냐"며 별로 반가워하지도 않았습니다. 열심히 요리하고 설명을 듣고서야 좋아했습니다. 그래도 아주머니는 프라이팬하고 압력솥이나 하나 살까 했습니다. 남편분이 무슨 소리 하느냐며 자기 친구네는 이것도 있고 저것도 있다면서 지갑을 열어 하나도 빠짐없이 다 현찰로 샀습니다. 아주머니 이야기로는 자기 남편이 남의 집 살림살이 좋은 꼴을 못 보는 사람이어서 어디 가서 보는 대로 살림을 다 산다고 쭝쭝거렸습니다.

언젠가는 건강식품을 파는 할머니가 조카네 집에 가는데 같이 가보자고 했습니다. 조카는 서울 강남 내곡동(지금은 서초구)에 사는데 그곳은 1970년대에 음성 한센병 환자 정착촌이었답니다. 정부 정책으로 음성 한센인들에게 양계를 시켰다고 했습니다. 지금은 양계장 터를 개인이 불하받아서 다 공장을 지어 세를 놓았습니다. 정착민 1세대는 많이 죽고 외지 사람이 많이 들어와 산다고 했습니다.

자기 조카며느리가 그 동네 부녀회장이라고 했습니다. 일단 인사는 시켜줄 테니 알아서 하고, 많이 팔리면 자기한테 두둑이 사례하라고 했습니다. 할머니의 조카며느리는 판매액의 10프로를 받기로 하고, 자기네 집에서 먼저 요리 강습을 하고 잘되면 동네를 돌아가면서 해보자고 했습니다.

혼자나 두 식구 사는 노인들이 공장세를 많이 받아 돈이 아주 많은 동네였습니다. 그때까지 그 동네에는 요리 강습이 열린 적이 없었답니다. 많은 어르신은 "이렇게 좋은 냄비는 처음 본다"며 좋아들 했습니다. 죽기 전에 좋은 냄비 한 번 써봐야 한다며 너도나도 샀습니다. 참으로 신기한 일이었습니다. 아무 수단도 없고 주변머리도 없는 나를 위해 그때까지 요리 강습이 열린 적 없는 동네가 남아 있는 것 같았습니다. 이후 그곳에서 요리 강습을 여러 번 해서 냄비를 많이 팔았습니다.

양말 공장에서 연
요리 강습회

에이전트가 전화 돌려서
성사시킨 강습회,
산 밑 허름한
공장에서의 반전

최 강사와 함께 일하는 에이전트 우종열 씨는 두툼한 전화번호
부를 놓고 여기저기 전화를 열심히 합니다.

"여보세요. 거기 뭐 하는 곳이에요? 공장이라고요? 요리
강습 한번 안 받아보실래요? 점심시간 한 시간 내주시면 맛있
는 것을 제공해드릴 테니 점심 걱정 안 하시고 일하시는 데 지
장이 없게 해드릴게요" 합니다. "내일 오라고요?" 하더니 나에
게 "전 강사, 내일 강습 없으면 내 강습 좀 해줘요" 합니다. "그
냥 전화번호부를 보고 전화했는데 많이 시끄러운 게 무슨 공장

같아서 요리 강습 한번 받아보라고 했더니 너무 쉽게 하라고 하네. 기대는 하지 말고 잘 준비해서 해줘" 합니다.

파트너인 최 강사는 오래전에 약속한 팀이 있다고 합니다. 거기는 부촌이어서 잘하면 대박이 날 거라고 기대가 대단했습니다. 다음 날 자기네 강습 가는 길에 나를 어느 산 밑 허름한 비닐하우스 마을에 내려놓았습니다. 가는 길에 내려놓아서 점심시간이 되자면 두 시간은 기다려야 했습니다.

그곳은 나이 든 여자 여섯 명과 남자 사장님, 남자 종업원 두 명 해서 총 아홉 명이 일하는 양말 공장이었습니다. 공장 사람들은 내 실습기 가방을 들여다보고 많이 궁금해했습니다. 가방 속에 무엇이 들었냐고 어떤 맛있는 음식을 해줄 거냐고 물었습니다. 나는 웃으면서 "기대해도 좋을 거예요. 맛있는 거 많이 해드릴게요" 하며 양말 작업 과정을 구경했습니다. 양말은 짜는 건 기계가 하는데 그 밖에 일일이 딱지 붙이고 포장하는 등 대부분 과정은 수작업이었습니다. 세상에 쉬운 일은 하나도 없음을 새삼 느끼는 시간이었습니다.

사장님은 점심시간이 되기 전에 공장 한쪽 구석을 치우고 준비하고 있다가 12시 땡 치면 얼른 요리를 시작해달라고 했습니다. 사람들이 술렁거리는 게 무언가 조짐이 좋습니다. 왠지 재료를 많이 준비해야 할 것 같더니 예감이 맞으려나 봅니다.

강습이 시작되자 먼저 압력솥에 밤·은행·대추를 듬뿍 넣어 약식을 안쳐놓습니다. 한쪽에는 찜기를 올리고 물을 끓입니다. 커터기에 밀가루와 물을 넣어 돌려 반죽부터 해놓고, 그다음 동태살과 오징어, 애호박과 당근, 표고버섯을 갈아서 섞어 넣고 만두소를 만들었습니다. 사람들이 배고파 죽겠는데 만두를 언제 빚으려 그러느냐고 쭝쭝거립니다. 도마도 없고 밀대도 준비를 안 하고 다니느냐며 도마도 가져오고 밀대 대신 소주병도 가져옵니다. 내게는 만두피를 만드는 집안 대대로 내려오는 비장의 기술이 있었습니다. 잠깐만 기다리시라고 하고는 밀가루 반죽으로 조그맣게 동그라미를 만들어서 10개를 손에 올리고 양쪽 손바닥으로 꾹 누르고 몇 번 쭈물쭈물 돌리니 큼직한 만두피 10개가 금방 만들어집니다. 만두를 빚고 금방 쪄서 약식과 함께 내놓았습니다.

"아이고야… 그거 신기하네. 완전 요술이네"하며 먹습니다. 만두소 남은 데다 녹말가루 조금 넣고, 커터기에 몇 번 더 돌려 반죽해 짤주머니에 넣고 차가운 기름 냄비에 가위로 잘라 넣고 잠시 끓여 어묵을 만들었습니다. 커다란 냄비 밑에 준비한 채소를 깔고 그 위에 불린 당면을 올리고 맨 위에 시금치를 올린 뒤 물을 약간 넣고 뚜껑을 덮어 김만 올라오면 양념을 넣어 무치니 잡채가 뚝딱 나옵니다.

조금 시간이 걸리는 감자조림은 인덕션에 올려놓아 몇 가지 요리를 하는 동안 매콤하게 조려졌습니다. 사람들이 자꾸만 감자조림이 눌어붙는다고 자기네가 저어주겠다고 수다를 떨어서 저으면 죽이 되니 절대 건드리지 말라고 대답까지 하느라 분주합니다. 다들 호응이 좋으니 분위기가 들뜨고 재미납니다.

짧은 시간에 미더덕찜과 오징어볶음을 해내고, 마지막에는 프라이팬에 구운 피자와 함께 매콤한 감자조림을 내놨습니다. 요리 강습이 끝나자 사람들이 박수 치고 좋은 음식 많이 먹었다고 칭찬이 대단했습니다. 모든 재료가 다 준비돼 있고 인덕션 하나와 가스 불 두 개를 사용하니 음식이 빨리 될 수밖에 없습니다.

제일 나이 드신 직원이 "사장님요, 나 월급 좀 올려주소. 나두 죽기 전에 이 좋은 냄비 한번 써보고 죽을랍니다" 합니다. 사장님은 사고 싶은 사람은 물건을 다 사자고 했습니다. 좀 싸게 해서 이자 없이 열두 달 할부로 해달라고 했습니다. 싸면 얼마나 싸게 해줘야 할지 에이전트와 의논하고 해주기로 했습니다. 사람들이 너도나도 냄비를 잔뜩 주문했습니다. 생각지도 않은 대박이 났습니다.

사무실에 돌아오니 최 강사는 입이 쑥 나와서 아무 말도 하지 않았습니다. 잠시 지나 "전 강사, 오늘 대박 났다면서?" 안 좋은 얼굴로 얘기합니다. 자기는 너무 부자 동네에 갔더니 사람들이 이미 냄비를 다 가지고 있어서 허탕을 쳤다고 합니다. 마침 강습을 마치고 들어오는 이 여사와 마주쳤습니다. 이 여사는 저녁을 같이 먹자고 했습니다. 이 여사는 저녁을 먹으면서 자기네는 회사를 옮기기로 했다고 합니다. 가끔 회사를 옮겨야 경력이 쌓이고 강사 기본급도 받을 수 있고, 또 에이전트와 강사가 한 팀으로 옮기면 선불금도 받을 수 있다고 했습니다.

이 여사가 없는 사무실은 썰렁했습니다. 오래되지 않아 이 여사한테서 연락이 왔습니다. 이 여사 친구네가 주방 기구 회사를 차렸는데 사람들이 좋으니 그리로 옮겨보는 게 어떻겠냐고 했습니다. 나는 이 여사가 소개하는 곳이면 무조건 가겠다고 했습니다.

나는 월말 정산이 끝나면 그만두겠다고 회사에 얘기했습니다. 사장은 이제 한창 일할 만한데 왜 그만두냐고 더 하라고 했습니다. 강사 기본급도 주겠다고 했습니다. 그 회사는 사장과 과장, 몇몇 사원이 동향 사람이었습니다. 강습하고 받은 현금을 에이전트가 다 꿀꺽했는데도 자기네 동향 사람이라고 일방적으로 그 사람 편을 들어 억울한 적도 있었습니다. 그 일이 있고는 회사가 여기 하나뿐이라도 그만두고 싶다는 생각이 들었습니다.

월말 회식 날입니다. 사장님은 특별히 나를 위해 송별회를 하는 것처럼 수선을 떨었습니다. 가장 꼬장꼬장하고 회식 때마다 술 한 잔 못 먹는다고 시비가 붙던 손 강사는 달려 나와 나를 부둥켜안고 꼭 이렇게 내 눈에 눈물을 빼고 가야 하겠냐며 울었습니다. 최 강사는 괜히 자기 때문에 떠나는 것 같다고도 말했습니다. 다들 술이 거나하게 취하니 누구나 선한 사람으로 변해서 많이 섭섭해하는 이별을 했습니다.

냄비 팔아
현찰로 새 차를 산
방 여사

겉보기와 다른 반전의
고객들과 능력있는
세일즈 우먼

옮긴 회사는 서울 강남역 부근 고층 건물이 많은 주택은행 골목에 있었습니다. 그동안 다닌 회사에서는 내가 가장 나이가 많았는데 여기는 나보다 나이 많은 사람이 꽤 있었습니다. 우리나라 주방업계 초창기부터 일했다는 부부도 세 쌍 있었습니다. 세미나 강사로 일했다는 한 강사는 큰오빠보다도 나이가 많았는데 넉넉하고 인상이 좋았고, 에이전트인 방 여사도 나보다 나이가 위인데 시원시원한 사람이었습니다.

새로 간 회사에서 취급하는 주방 기구는 우주선을 만드는 자강석이 들었다는 까만 유리질의 실라간(독일 프리미엄 주방 용품 브랜드)이라는 냄비 세트였습니다. 냄비는 고급스럽고 예쁜데 너무 비싸서 누가 사겠나 하는 걱정이 앞섭니다. 어떻든 도전해보는 수밖에 별도리가 없습니다.

첫 강습을 소개받았는데, 살림살이에 별 관심도 없이 덜렁거리는 아줌마가 자기네 집에 와서 요리 강습을 꼭 해달라고 합니다. 자신은 없지만 성의껏 준비해서 갔습니다. 50대 중반쯤 돼 보이는 남자가 먼저 들어왔습니다. 남자는 내 맞은편에 앉아서 이것저것 열심히 물어봅니다. 강습할 때도 설명 중에 끼어들어 자꾸만 물어봅니다. 아줌마들이 자기들끼리 눈짓하면서 누구냐고 합니다. 주최 쪽 아줌마가 홀아비인데 냄비 사서 장가가려고 그런다고 합니다. 남자의 행동이 마치 요리 강습을 방해하려는 사람같이 보이기도 합니다. 화내기도, 싫은 내색을 하기도 곤란해서 "아저씨, 강습이 끝나면 아저씨만 별도로 가르쳐드릴게요" 하며 달랬습니다.

여러 생각으로 마음이 복잡한데, 강습 도중에 이렇게 음식을 맛있게 많이 해먹였는데 못 팔면 어떻게 하냐고 미리 초 치는 아주머니도 있습니다. 강습이 끝나자 아주머니들은 냄비는 좋은데 너무 비싸다고 사지도 않으면서 와글와글 말이 많습니

다. 도무지 정신이 없습니다. 이렇게 무례한 사람들도 처음 본
다 싶었습니다.

아저씨는 강습이 끝나자 정말 풀세트로 샀습니다. 자기는
냄비가 너무 좋아서 사기는 하는데 잘 못 쓸 것 같다고 걱정합
니다. 커터기 쓰는 것도 어렵고 압력솥 쓰는 것도 아주 어려워
보인다고 했습니다. 자기가 냄비를 사면, 사람을 모아올 테니
자기네 집에 와서 요리 강습을 해줄 수 있냐고 물었습니다. 요
리를 잘 배워서 친구들과 술 한잔할 수 있게 술안주 만드는 법
도 가르쳐달라고 했습니다.

냄비가 비싸서 걱정했던 것과는 달리 요리 강습은 이어졌
습니다. 서울 천호동 빌라에 사는 아기 엄마가 요리 강습을 보고
싶어 했습니다. 그 집에 요리 강습을 갔는데, 친정엄마와 함께
아주 백발의 할머니가 같이 왔습니다. 아기 엄마는 가만히 자기
엄마한테 "저 할머니는 뭐 하러 와?" 했습니다. 친정엄마가 "사
람 집에 사람 오는데 사람 차별하는 것 아니다"라고 말했습니
다. 백발의 할머니는 강습 도중 먹는 것도 빠진 이 사이로 흘리
면서 먹었습니다. 아기 엄마는 못마땅한 눈초리로 대했습니다.

요리 강습이 끝나자 할머니는 냄비 세트를 다 달라고 했습
니다. 할머니는 치마를 걷어 올려 허리춤에 찬 주머니에서 똘똘
말아 넣은 돈을 꺼냈습니다. 할머니는 막내딸 시집갈 적에 해주

려고 아끼고 아껴서 모은 돈이라고 했습니다. 막내딸 좋은 살림 장만해서 시집 잘 보내는 것이 소원이었는데 아주 소원을 이루었다고 기뻐했습니다. 늦둥이 딸이 시집가게 됐답니다. "내가 세상 물정을 잘 몰라 이렇게 좋은 냄비가 있는 줄도 모르고 아무 냄비나 사서 시집보내지 않아 다행이다"라고 했습니다.

일찍 출근한 어느 날, 사람들이 "공포의 포니투다~"하며 건물 밖 회사 골목 주차장 앞에서 술렁댔습니다. 무슨 일인가 하고 보니 어떤 나이 많은 아주머니가 낡은 포니투를 끽~ 끽~ 소리를 내며 아슬아슬하게 주차하고 있었습니다. 거기에는 외제 차가 많았습니다. 사람들은 자기 차를 박을까봐 골목에 기다리고 있다가 아주머니가 주차를 다 하니 들어갔습니다.

포니투는 우리 회사 방 여사 차인데 면허 딴 지 한 달 만에 운전 연습을 하려고 아주 헐값에 사서 몰고 나왔답니다. 차가 허름하니 어디 부딪혀도 아깝지 않다고 했습니다. 방 여사는 이전에 보석 장사를 해서 고객이 많다고 했습니다. 우주선 재질로 만든 특별한 냄비가 나왔다고 해서 자기 고객에게 한번 팔아보려고 일부러 회사에 취직했답니다. 강습 잘하기로 소문난 한 강사와 짝을 이뤄 함께 일하기로 했답니다.

방 여사는 강사들이 요리 재료 준비를 하느라고 콩나물 대가리를 버린 걸 주우면서 아무나 보고 이것 좀 빨리 주우라고 했습니다. 그걸 뭐 하려 주냐고, 그냥 버리라고 하니 밥하면 맛있다고 합니다. "콩나물 대가리 넣고 밥하면 먹기만 해봐라. 입을 싹싹 비벼놓는다"하며 열심히 콩나물 대가리를 주워 밥하고, 집에서 싸온 반찬을 펴놓고 이 사람 저 사람에게 밥 먹으라고 했습니다. 사람이 배가 불러야 일이 잘된다고 했습니다. 점심을 먹은 뒤 전화기를 잡고 앉아서 아주 시끄럽게 전화합니다. '추라이' 하는 방법이 독특합니다. "누구 엄마여, 나 좀 오라고 해봐~"그러면 정말 오라고 합니다.

방 여사는 남들은 하루 한 번 강습 잡기도 힘든데 하루에 두 팀씩 강습합니다. 방 여사와 한 강사는 아주 신이 났습니다. 덜렁거리는 방 여사와 차분한 한 강사는 매일 고가의 냄비를 팔았습니다. 회사 사람들은 그래도 나름 다 경력이 있었습니다. 자기네는 주방업계에서 베테랑이라고 은근히 자부심이 대단했습니다. 그런데 듣도 보도 못한 방 여사라는 나이 많은 '추라이맨'을 당할 수 없다고 합니다. "나 좀 오라고 해봐요~"그 방법이 좋다고 너도나도 시도해봤지만 누구도 그 방법이 통하지 않았습니다. 그래도 방 여사 덕분에 날마다 회사 분위기는 활기가 넘쳤습니다.

여러모로 북새통을 이루던 방 여사는 몇 달 뒤 하얀 엘란트라를 끌고 나타났습니다. 그동안 실라간 냄비를 열심히 팔아서 새 차를 현찰로 샀답니다. 한 강사는 낡은 흰색 프레스토를 타고 다녔는데 방 여사와 같이 은색 엘란트라를 현찰로 뽑았습니다. 비싸서 잘 안 팔릴 거라던 고정관념을 깨고 나도 쏠쏠하게 실라간 냄비를 팔아서 살림에 보탬이 됐습니다. 운전 못하는 거로 유명했던 '공포의 포니투'의 주인도 차를 바꾸고 나선 누가 운전하는지도 모르게 운전하게 됐고 주택은행 골목도 조용해졌습니다.

은행 자판기
커피가 접대였던
민 여사

한센병 음성 환자
정착촌을 소개해준,
어머니 같은 '보험왕'

서울 강남구 삼성동 보험회사에서 강습할 때 민 여사님을 만
났습니다. 민 여사님은 일흔 살인데 보험왕도 하는 능력이 많
은 분으로 소문나 있었습니다. 민 여사님은 자기는 나이가 많아
서 주방 기구 살 일은 없고 자신이 보험료를 많이 받아오는 특
수 마을을 소개해주겠다고 했습니다. 민 여사님은 내일 자기네
회사 앞 주택은행으로 오전 10시까지 오라고 했습니다. 민 여
사님은 은행에서 자판기에 동전을 넣고 커피 한 잔 뽑아주면서
이것 마시고 얼른 가자고 했습니다.

버스를 타고 찾아간 곳은 경기도 용인 수지에 있는 한센병 음성 환자 정착촌이었습니다. 민 여사님은 그 동네가 만들어진 초창기부터 드나들어서 어느 집에 숟가락이 몇 개 있는지까지 다 안다고 합니다. 그곳 주민은 대개 1세대 원주민으로 착실한 기독교인들이었습니다. 민 여사님은 "전 집사의 남편이 지금 신학 공부를 하고 있기 때문에 경제를 책임지는 가장이니 잘해 주세요" 하며 나를 소개했습니다. 당시 남편은 늦은 나이에 신학대학에 들어가 청년 시절 꿈이던 목회자가 되기 위해 공부하고 있었습니다. 동네 사람들이 아주 우호적이었습니다.

그 시절 정부 정책으로 한센병 음성 환자를 전국 조용한 산골 마을 150곳에 정착시켜 양계장을 짓고 닭을 길러 먹고살게 했답니다. 양성 환자는 소록도로 보냈답니다. 그러다가 정부가 양계장을 다 개인에게 불하했다고 합니다. 점점 도시화하면서 땅값이 오르니 모두 다 양계장 터에 공장을 지어 세를 놓았습니다. 그때가 1990년대 초인데 노인 혼자 살면서 보통 공장 세로 500~600만 원 내지 1천만 원을 받는 집도 있다고 했습니다.

처음 간 집은 여든여섯 살의 이 권사님 댁이었습니다. 이 권사님은 혼자 살기 때문에 언제라도 누가 들여다볼 수 있게 문을 잠그지 않은 채 산다고 했습니다. 민 여사님은 무언가 잔뜩 들고 간 꾸러미를 풀더니 고깃국도 끓이고 밥도 하고 자기가 주인인 양 점심을 대접해주셨습니다.

　수지에서 첫 강습은 이 권사님 집에서 했습니다. 비슷한 마을인 내곡동에서 대박이 났기 때문에 회사도 많은 관심을 가지고 수석 강사를 붙여줬습니다. 한여름에 요리 강습을 갔는데 노인들이 다 버선을 신고 왔습니다. 촌 노인네들이 요리 강습을 한다고 하니까 예의 차리느라 버선을 신고 왔나 했습니다. 나중에 알고 보니 발가락이 없어 양말로는 가릴 수 없어서 여름에도 버선을 신고 살았던 겁니다. 눈썹은 문신을 짙게 하고 손가락 마디가 없는 사람도 많았습니다. 고객이 고령이기는 하지만 돈이 많아서, 신기한 냄비를 보고 많이들 샀습니다.

　요리 강습을 한 다음 날입니다. 냄비를 사간 정 권사님한테서 전화가 왔습니다. 소스팬에 국을 올린 채 잊어버리고 있었는데 시꺼먼 연기가 나고 있더랍니다. 급한 맘에 찬물에 냄비를 담갔더니 치~지직 하면서 열판이 홀라당 떨어졌답니다. 수지까지 버스를 타고 갔습니다. 정 권사님은 불에 탄 냄비를 보여주며 "그래도 아무한테도 얘기 안 했어" 하면서 회사 가서 수단 껏 새 냄비로 바꿔달라고 했습니다. 그러면 아직 사지 않은 사람이 많으니 자기가 많이 팔아주겠다고 했습니다. 그때는 강사를 데리고 오지 말고 강습도 전 집사가 직접 해달라고 했습니다. 정 권사님의 남편은 젊은 사람이 벌어먹고 살려 애쓰는데 자기가 잘못해놓고 그렇게 손해를 보이면 안 된다고 했습니다. 열판이 떨어진 냄비를 싸들고 회사로 왔습니다. "나 그 동네 갔다가 맞아 죽을 뻔했네요. 어제 산 냄비가 망가졌다고 새 냄비 내놓으라네요" 하니 회사는 새 냄비로 바꿔줬습니다.

정 권사님은 약속대로 자기네 집에서 강습을 열어줬습니다. 정 권사님은 무엇이든 칭찬하고 자랑하며 냄비를 파는 데 바람잡이 노릇을 잘해줬습니다. 심지어 이전에 온 강사는 말이 너무 빠르고 '홀레버꾸'(정신없이 빨리빨리 돌아가는 모양)를 쳐 사기꾼 같다고도 했습니다. 전 강사가 차근차근 알아듣게 설명을 잘해주고 요리도 더 많이 해주고 더 맛있다고 칭찬했습니다. 고객이 고령층이니 요리 강습을 할 때마다 물렁한 것을 해달라고 했습니다.

보통 강습 때는 3리터 솥에 했는데 여기서는 5리터 솥까지 동원해 삼계탕도 하고 갈비찜도 했습니다. 호박 등 채소를 다져 닭 위에 올리고 동시에 죽을 만들었습니다. 짧은 시간에 많은 요리를 하다 보니 무거운 압력솥도 한 손으로 번쩍번쩍 들었습니다. 강습이 끝나니 어깨가 엄청 쑤시고 아팠습니다. 그래도 강습은 성공적이었습니다. 이후에도 정 권사님이 여러 번 요리 강습을 열어준 덕분에 마을에서 냄비를 안 산 집이 없었습니다.

민 여사님은 바쁜데도 요리 강습에 여러 번 참석해줬습니다. 민 여사님이 많이 고마웠습니다. 뭔가 보답하고 싶은데 사은품도 절대 받지 않았습니다. 점심이라도 한 끼 같이 하자고 해도 절대 사양하셨습니다. 민 여사님은 "그까짓 것 얼마나 번다고 점심 사고 찻집에 가서 차 마시고 다니면 돈 못 번다" 하셨습니다. 시내에서 만날 때는 꼭 은행에서 만나 자판기 커피를 마시고 얼른 일어나 일하러 가셨습니다. 안 지 그렇게 오래된 것도 아닌데 무슨 엄마 같다는 생각이 들도록 나에게 잘해주셨습니다. 수지까지 버스를 같이 타고 다니며 많은 이야기를 나누었습니다.

민 여사님 남편은 서울대를 나와 큰 기업에 다녔다고 합니다. 그러다 5·16 군사정변이 났는데 군대를 다녀오지 않아 회사에서 감원당했답니다. 그때부터 배가 아프다며 일하지 못하고 아랫목을 차지하고 누워 산다고 합니다. 민 여사님은 젊은 시절부터 남편 병구완하며 자식들 키우느라 아주 짜고짜고 살았다 합니다. 여자가 일할 곳이 많지 않던 시절이었습니다. 그래도 보험을 해서 아들 둘, 딸 하나를 대학까지 가르쳤다고 합니다. 큰아들은 회사 중역이 되고 딸은 시집가서 잘 살고 작은 아들은 자기 사업을 잘하고 산다고 했습니다. 나를 보면 자기를 보는 것 같다고 용기 잃지 말고 꿋꿋하게 잘 버티면 좋은 사람도 만나고 좋은 세상도 온다고 했습니다.

그렇게 씩씩하기만 하던 민 여사님이 어느 날 아주 힘없어 보였습니다. 나를 만나자 "전 집사야, 영감이 돌아가셨다" 하십니다. 아랫목을 지켜주는 게 그렇게 큰일인 줄 몰랐다고 합니다. 혼자 그 집에 들어갈 수 없고 혼자 살 용기도 없다고 했습니다. 모든 걸 정리해서 큰아들한테로 갈까 하다가 다음에 만났더니 딸네 집으로 갈까 작은아들네 집으로 갈까 했습니다.

민 여사님을 만난 건 그날이 마지막이었습니다. 연락해봐도 잘 연결되지 않았습니다. 신세만 많이 진 민 여사님께 밥 한 끼도 대접 못하고 소식이 끊기고 말았습니다.

물리치료는커녕
몸살 날 것 같은
하루

사원들과 함께
난곡의 계곡으로
놀러 가다

1980년대 말, 주방 기구 판매에 뛰어들어 첫 번째 회사에 다니던 시절의 이야기입니다.

매출 마감을 끝낸 어느 화창한 봄날입니다. 회사에서 조회가 끝나고 서로 눈을 끔적하면서 동시에 몰려 나갑니다. 나보고도 어서 따라오라고 눈을 끔적해서 따라나섰습니다. 한 사람만 자기 차로 뒤따라오고 모두 다 봉고차 두 대에 나눠 타고 어디론가 갑니다.

어디 가냐고 물으니 서울 관악구 난곡 계곡으로 놀러 간다고 합니다. 웬 횡재냐 싶었습니다. 나는 잠시 맑은 물이 흐르는 계곡을 상상하며 행복해졌습니다. 각종 나물이 무성하고 맑은 물이 쏴아아 소리 내며 흐르는 계곡을 상상만 해도 벌써 가슴이 뻥 뚫리는 것 같았습니다. 차는 시내를 벗어나 계곡으로 올라갔습니다. 날이 가물어서 실개울이 흘렀습니다.

짠짠, 짜자자잔 짠짠 하는 음악 소리가 골짜기를 뒤덮었습니다. 실개울은 음악 소리에 묻혀 숨죽여 소리도 내지 못하고 흐르는 것 같았습니다. 곁에서 귀를 기울여야 조금이나마 들을 수 있었습니다. 골짜기에는 물이 깨끗한 물웅덩이 옆에 천막을 치고 각종 가게가 영업하고 있었습니다. 서울은 산골짜기도 시골과 다르다는 걸 그날 처음 보았습니다.

골짜기에 울려 퍼지는 음악의 근원지는 사교댄스장이었습니다. 터 좋은 나무 그늘 밑에 높고 넓고 시원스럽게 지은 들마루 위에서 사교댄스가 한창입니다. 머리가 허연 할아버지가 흰색 양복을 입고 흰머리를 휘날리며 춤을 가르치고 있었습니다. 늘 말없이 씩 웃으며 무슨 일이든 도맡아 하고 말 한마디도 허투루 하지 않던 미스터 박이 "야~ 아아, 늙은 제비 춤 한번 잘 추네" 했습니다. 갑자기 빵 터졌습니다. 하하하, 호호호, 허허허 골짜기가 떠나가도록 한바탕 웃었습니다. "에~에에~ 머리가 허예서 그렇지 젊은 사람이구먼. 젊은 사람이 흰머리 염색을 했나."아니여, 잘 봐봐. 할아버지가 맞아." 이 사람 저 사람 한마디씩 하며 웃음이 그칠 줄 몰랐습니다.

어제 박 팀장이 돌아본 결과 보신탕집 자리가 제일 좋아서 보신탕집을 통째로 하루 빌렸답니다. 대부분 보신탕이 좋다고 박수를 쳤습니다. 보신탕을 못 먹는 사람은 삼계탕으로 맞췄습니다. 우리가 맡은 들마루는 반 나무 그늘에 천막을 쳤습니다. 작은 폭포가 흘러 고이는 물웅덩이에 수박 등 과일과 반찬을 담가놓은 시원한 자리입니다. 웅덩이 속 맥주 캔과 술병을 보고는 너무들 좋아했습니다. 나는 가자마자 도랑에 가재가 있나 없나 궁금했습니다. 사람들 눈치를 보면서 슬금슬금 도랑을 뒤져봤습니다. 큰 돌을 들추고 아래를 살살이 봐도 가재는 없었습니다.

사람들은 편을 갈라 고스톱을 친답니다. "전 여사, 개인행동 하지 말고 어서 와" 했습니다. 고스톱을 칠 줄 모른다고 하니 나보고는 '고리를 뜯으라'고 했습니다. 철저하게 계산해서 뜯으랍니다. 고리를 어떻게 뜯는지도 모르고 고리라는 말도 처음 들어봅니다. 시키는 대로 옆에 앉아 있었습니다. 다들 신이 나서 온갖 오두방정을 떨며 화투장을 팔에 힘줘 내려칩니다. 사람들이 무슨 화투도 칠 줄 모르냐고 하니 이런 자리에선 아주 민망스럽습니다.

우리 집안에는 아주 말썽쟁이 노름꾼이 하나 있었습니다. 노름꾼 하나 때문에 늘 집안이 시끌시끌했습니다. 노름꾼이 재산을 다 말아먹고도 미안함도 없고 뻔뻔스럽게 남 탓을 하는 것이 아주 몸서리가 났습니다. 우리 집에는 그 사람 외에 아무도 화투장을 만지는 사람이 없었습니다. 그래도 명절 때 이모 따라 놀러 갔다가 민화투라는 걸 한번 해봤습니다. 이모 친구들도 뭐 그리 재미있는지 밤새워 화투 놀이를 했습니다.

'고도리'라는 건 같은 화투 놀이기는 한데 점수 계산법과 규칙이 달랐습니다. 용어도 '똥 쌌어' 하거나 '쌍피에 피박에 광을 판다'는데 도무지 알 수가 없고 알고 싶지도 않습니다. 팔다리, 허리가 아파서 죽겠다고 끙끙 앓으며 갔던 강사들은 고스톱 판이 무르익자 눈들이 빛나기 시작했습니다. 연신 '고도리~ 홍단이야~' 하며 화투장을 야무지게 내리치고 화통하게 웃습니다. 쑤시고 아픈 덴 물리치료가 제일이야, 역시 물리치료엔 고스톱이 제일이야 하며 좋아들 합니다.

시간이 흐르자 누구는 피박을 썼다고 화냅니다. 누구를 흑싸리 껍데기로 아느냐고 얼굴을 붉히기도 합니다. 나는 그냥 앉아 있으니 자기네가 고도리 하면서 판이 끝날 때마다 내 앞에 돈을 쌓아놓았습니다. 나는 그 돈이 무엇인지 알 수 없었습니다. 설마 나에게 그냥 가지라는 돈은 아닐 테고 그렇다고 자꾸 물어보기도 민망했습니다.

아무튼 다들 엄청 재미있어 합니다. 나는 앉아 있기가 좀이 쑤셔서 몸을 이리저리 비틀며 그들이 웃으면 억지로 같이 웃었습니다. 늘 바빠서 어떻게 시간이 지나가는 줄 모르고 하루가 가는데 그날은 점심나절이 왜 이리 긴지 하루가 다 된 것 같습니다.

벌떡 일어서서 내려오고 싶은 것을 참고 참았더니 점심때가 됐습니다. 보신탕집 아주머니는 보신탕을 끓이느라 고군분투했습니다. 누린내가 많이 났습니다. 개고기를 안 먹는 사람들은 무슨 개고기를 먹느냐고 속으로 중얼거렸습니다. 본격적으로 보신탕을 만드는 시간이 되자 화투를 치던 강사들은 보신탕 끓이는 법을 배운다고 주인아주머니한테로 몰려갔습니다. 내 앞에 수북이 쌓였던 돈이 점심값으로 쓰였습니다. 아무리 보신탕이 먹음직해 보여도 먹히지 않았습니다.

점심이 끝났으니 내려가는 줄 알고 기다렸습니다. 웬걸, 고스톱 판을 다시 차리고 앉았습니다. 다들 물리치료를 더 하고 가야 한답니다. 자기 차를 따로 가지고 갔던 한 팀장이 자기는 약속이 있어 내려가야 한다며 같이 가자고 했습니다. 나는 점심값 대신 음료수를 몇 병 사서 주고 내려왔습니다. 한 팀장은 "전여사, 다음에는 아주 따라나서지 마" 했습니다. 같이 놀지 못하는 자리는 아주 고역이라 자기도 영 안 맞는다고 했습니다. 나도 물리치료는커녕 몸을 배배 꼬다 몸살이 날 것 같은 하루였습니다.

배 타고
제주도에 가서 연
요리 강습

시누이 결혼식에 맞춰
내려가 일만 하다

이웃에 사는, 제주도에서 온 쌍둥이 엄마는 제주도로 요리 강습을 한번 가자고 나만 보면 졸랐습니다. 자기네 친정과 시댁이 제주 서귀포랍니다. 쌍둥이 아빠는 건설업자인데 일이 별로 없는 겨울에는 제주도에 가서 친정집과 시집을 오가며 한동안 살다 온답니다. 겨울에 자기네 한가할 때 같이 가자고 했습니다. 그래도 제주도까지 강습 가기는 엄두가 나지 않아 말로만 그러지 하며 미뤘습니다.

1992년 1월 초 많이 추운 겨울날, 제주도 강습을 진짜 가게 됐습니다. 막내 시누이가 서귀포 귤 농장 집으로 시집가게 됐습니다. 시누이 결혼식 9일 전에 남편과 나는 아이들만 남겨둔 채 제주도로 떠났습니다. 남편 차에 실습기와 냄비 세트를 싣고 부산으로 갔습니다. 다섯 시간이나 걸렸습니다. 부산은 춥지 않고 열대식물도 볼 수 있고 길을 물으면 사람들이 얼마나 친절한지 따라오면서 가르쳐줬습니다. 부산에서 저녁을 먹고 페리호에 차를 싣는 게 신기했습니다. 멀미약을 사서 먹고 난생처음 배를 탔습니다. 밤바다를 마음껏 구경하고 싶었지만 속이 매스껍고 울렁거려 눈을 꼭 감고 죽은 듯이 갔습니다. 마침 맞바람이 불어 한 시간 연착될 거라더니 두 시간이나 연착돼 부두에 닿았습니다.

부두에 내릴 때는 따뜻한 햇살이 찬란하게 비쳤습니다. 아이들만 두고 오는 것도 그렇고 뱃멀미해서 안 좋던 기분은 싹 사라지고 '아~ 아아 길조다' 하는 탄성이 절로 나왔습니다. 제주도는 딴 세상이었습니다. 텔레비전에서나 보던 야자수가 가로수였습니다. 하나도 춥지 않고 사람들은 밭에서 감자를 캐고 당근을 뽑고 있었습니다. 서귀포 귤 농장이 있는 쌍둥이 엄마네 친정집을 찾아가느라고 길을 물었습니다. "어디서 왔수까?" 하더니 세커리 지나 네커리에서 꺾어가라고 합니다. 잘은 몰라도 방향을 가리키는 걸 보니 삼거리 사거리를 말하는 것 같았습니다.

쌍둥이네 가족이 무슨 친척이라도 되는 듯 반가워해줬습니다. 제주도 특산인 옥돔을 굽고 점심상을 차려줬습니다. 멀지 않은 곳에 여관방을 잡았습니다. 여관집에서 아침과 저녁 두 끼를 준다고 했습니다. 내일부터 요리 강습을 하자고 해서 재료를 준비하러 나섰습니다. 슈퍼를 찾아가는 길에 감자 캐는 밭을 만나 감자를 한 자루 샀습니다. 당근도 사고 파도 사고 재료를 거의 밭에서 샀습니다.

다음 날 쌍둥이네 친정집에서 강습하는 중에 할머니가 들어왔습니다. 남인 줄 알았는데 쌍둥이 외할머니가 "어멍 어서 오시오" 했습니다. 강습 도중 할머니는 자기 몫의 약식을 할아방 준다고 들고 갔습니다. 나중에 보니 할머니, 할아버지가 아들네 집 사랑채에서 따로 끓여 먹고 살았습니다. 다른 나라도 아닌데 고약한 풍습도 다 있다 싶었습니다. 알고 보니 제주도는 며느리들이 해녀로 살며 물질해야 하고 여러 집안일을 해야 하기 때문에 시부모까지 공양하기는 힘들어서, 시부모가 따로 살림하며 산다고 했습니다.

강습은 날마다 이어졌습니다. 서귀포 쌍둥이네 친정 동네만 해도 귤 농장을 가진 집이 많고 모두 다 잘사는 듯 보였습니다. 그런데 냄비는 좋지만 우리 농촌에선 소득이 별로 없어 비싼 냄비를 살 수 없다고 사람들이 안타까워했습니다. 강습할 때마다 압력솥 하나, 커터기 하나 이런 식으로 팔렸습니다.

제주도에 온 지 닷새가 지났는데도 아직 제주도 구경을 못하고 강습이 끝나면 여관방에 틀어박혀 있었습니다. 쌍둥이 엄마는 미안해하며 경치 좋은 데가 많으니 이왕 온 김에 많이 구경하고 가라 했습니다. 구경을 목적으로 온 게 아니니 좋은 것도 눈에 들어오지 않았습니다. 강습이 끝나면 차를 타고 해안도로를 한 바퀴 돌면서 바닷가에 잠깐 내려 서 있다가 들어오는 게 고작이었습니다.

8일째 되는 날입니다. 동네 길을 따라 산을 하나 넘어서 무작정 어느 마을에 갔습니다. 동네 한 바퀴 돌면서 제일 좋은 집 앞에 차를 세우고 기웃거렸습니다. 개가 죽어라 컹컹 짖어댔습니다. 중년 아주머니 한 분이 나오더니 알아듣기 힘든 제주말로 개를 한참 야단쳤습니다. 아주머니가 우리에게 다가오더니 "어디서 왔수까?" 합니다. 서울에서 요리 강습을 왔다고 했습니다. 냄비 좀 구경해보시고 요리 강습 자리를 마련해달라 부탁했습니다. 아주머니는 그런 거는 부녀회장이 잘한다며 우리를 부녀회장 집에 데려다줬습니다.

제주도에서 한 마지막 강습입니다. 부녀회장은 파워가 대단했습니다. 값을 많이 후려치고는 경비가 많이 들었을 테니 현찰로 내겠다고 했습니다. 제일 먼저 만났던 아주머니와 부녀회장, 총무 세 사람이 한 세트씩 계약금조로 현찰을 냈습니다. 다른 몇몇은 열 세트를 현찰 가격으로 카드 12개월 할부로 달라고 했습니다. 냄비를 다섯 세트 싣고 갔는데, 나이 많은 순으로 먼저 냄비를 가져가고 나머지 여덟 세트는 서울 가서 부쳐주기로 했습니다. 남는 건 별로 없지만 다행한 일이었습니다. 친척들을 만나면 쓸 경비가 없어서 어떡하나 많이 걱정했는데, 돈이 생겼습니다.

막내 시누이 결혼식 전날 서울에서 부모님과 친척들이 비행기로 도착했습니다. 그동안 가본 결혼식의 음식은 떡이 중심인데 제주도 결혼식은 각종 지짐이가 중심이었습니다. 예식장에서 점심을 먹는데도 신랑 집에서 각종 지짐이를 열다섯 가지 해왔답니다. 맛있는 지짐이가 많았습니다. 결혼식이 끝나고 사돈집에서 지짐이를 한 상자 싸주셨습니다.

돌아올 때는 목포로 왔습니다. 집으로 가는 길에는 멀미가 나지 않았습니다. 우리 선실에는 서울 아들한테 가는 할머니도 있고 딸네 집에 가는 할아버지도 있었습니다. 육지 사람 몇 명이 같이 탔습니다. 아들네 집에 간다는 할머니는 해녀인데 자기가 물질한 해물을 발이 잘 안 떨어지도록 짊어지고 갔습니다. 할머니는 육지 사람들한테 소라 몇 알과 문어를 몇 조각씩 나

뉘줬습니다. 얼마나 맛있는지 더 먹고 싶다는 생각이 자꾸만 났습니다. 우리는 지짐이를 나눠 먹었습니다. 이 사람 저 사람 보따리 속에서 사과도 나오고 과자도 나왔습니다. 먹으며 이야기하다 보니 금방 목포항에 닿았습니다.

집에 돌아와서는 제주도에 며칠 살았다고 "그랬수까? 안 그랬수까?" 하는 사투리가 입에 붙어 한 6개월은 써먹었습니다.

냄비 하나 못 팔던
남편이
달라졌어요

늦깎이 대학생 된 남편과
함께 일하며 데이트하며
빚을 갚아 나가다

시골에서 서울로 올 적에 다시는 남편과 동업은 안 한다는 결심을 했습니다. 그런데 살다 보니 내가 남편을 끌어들여 동업하고 있었습니다. 처음부터 같이 일할 생각은 아니었습니다. 출근했다가 특별한 일이 없는 날, 일주일에 두어 번 같이 만나 점심을 먹고 각자 헤어져 일하러 갔습니다.

　　남편은 아침이면 차 트렁크에 생수통과 휴대용 가스레인지, 김치와 라면, 쌀을 늘 준비해서 다녔습니다. 거래처 사람을 만날 때 가까운 이면 함께 계곡 같은 데 가서 가볍게 라면 같은 것을 끓여 먹기도 했습니다. 아직은 계곡에서 취사를 금지하지 않던 시절이었습니다. 서로 바쁘니까 일부러 만나 놀러 다닐 수는 없고 잠시 점심시간을 이용해 가까운 곳에서 라면이라도 같이 끓여 먹을 수 있어서 좋았습니다.

어떤 때는 점심시간을 이용해 잠실에서 유람선을 타고 뚝섬까지 갔다 오기도 했습니다. 영화를 한 편 보는 날도 있었습니다. 항상 고향을 그리워하는 나를 위해 가끔 시내로 나갈 때는 워커힐 호텔 쪽으로 아차산을 넘어가주기도 하고, 어딘가 산속으로 들어가 아직 서울에 남아 있던 시골 같은 마을에 데려다주기도 했습니다.

이제 좀 걱정 없이 사는가 했는데 어느 날인가 남편이 자기는 목사가 돼야겠다고 나섰습니다. 가족의 만류도 소용없이 늦은 나이에 신학교에 가고 말았습니다. 자기는 공부도 하고 사업도 그대로 충분히 잘할 수 있다고 큰소리치며 갔지만, 하던 사업이 점점 기울더니 급기야는 사업을 접고 말았습니다. 아들과 큰딸과 남편이 다 대학생이니, 별 재주도 없는 내가 자연히 가장 노릇을 떠맡았습니다.

이래저래 남한테 돈을 빌렸습니다. 갚겠다고 약속한 때는 다가오는데 갚을 길이 없었습니다. 한창 고민할 때 한 강사님한테서 전화가 왔습니다. 한 강사님은 실라간 회사에서 만난 베테랑 선배인데 조건 없이 나한테 무척 잘해주는 분이었습니다. "전 강사 요즘 잘 있어?" 하며 물어왔습니다. "요즘 잘 못 지내요. 우리 집에 대학생이 세 명이잖아요. 지난번 학비를 빌려 냈더니 갚을 길이 없네요.", "그래, 많이 힘들겠다. 힘내. 나도 어떻게 하면 좋겠나 연구해볼게" 했습니다. 며칠 있다가 한 강사님한테서 좋은 생각이 났다고 전화가 왔습니다. 자기가 다니는 회사로 옮겨오라고 했습니다. 제품이 저렴하면서도 냄비 구성이 좋아 잘 팔린답니다. "이건 내 생각인데, 남편과 같이 파트로 오면 선금을 받게 얘기해줄게" 했습니다. 남편도 급하니 그렇게 하겠다고 하고, 파트로 나와 같이 선금을 받고 한 강사님이 다니는 회사에 입사했습니다.

새 회사 출고 과장님이 실습기(요리 강습에서 사용하는 요리 도구들)를 받아가라 해서 창고에 갔더니 누가 쓰던 건지 오래돼서 아주 새까만 냄비를 줬습니다. 나는 사무실에서 광약을 발라가며 열심히 냄비를 닦았습니다. 팔이 아파 쩔쩔매면서 실습기를 닦는데 사장님이 지나가다가 보시고 새 냄비로 드리라고 했습니다. 새 실습기를 받아서 다행한 일이었습니다.

제천에 있는 친구한테서 전화가 왔습니다. 자기네 집으로 냄비를 팔러 오라고 했습니다. 친구는 자기네 닭장을 개조해 방을 만들어 열두 집이나 세주고 살았습니다. 저녁에 와서 자고 아침 일찍 강습하고 가라 했습니다. 친구 집의 밥상에 멸치가 올라왔기에 멸치 대가리를 뚝 떼서 버리고 먹었는데, 친구는 말없이 그 멸치 대가리를 슬며시 주워서 먹었습니다. 무슨 엄마 같다는 생각이 들었습니다. 강습 뒤 친구와 동생댁이 한 세트씩 사고, 얼마 안 있으면 시집갈 딸도 한 세트 사줬습니다. 압력솥만 사는 사람, 커터기를 사는 사람도 있었습니다. 회사를 옮기고 처음 하는 강습에 실적이 괜찮아서 체면이 섰습니다.

선금을 받아 우선 급한 대로 빚은 갚았는데 돈 값어치만큼 일해야 합니다. 그런데 남편은 아는 사람이 없었습니다. 아침에 출근하면 남들은 다들 전화로 '추라이'를 하는데, 남편은 그냥 앉아 있을 수가 없으니 그나마 아는 사람에게 전화해 누구 집사님, 잘 있느냐고 하고 나면 할 말이 떨어져 전화를 끊어야 했습니다. 차마 "집사님 냄비 사라"고, "요리 강습을 하게 해달라"고 소리가 나오지 않았습니다. 자기가 아는 거래처 사람들한테도 전화하면 안부만 묻고 전화를 끊었습니다.

하루는 요리 강습 뒤 커터기를 많이 팔았습니다. 계약금을 받고 차에 물건을 가지러 갔습니다. 그런데 물건을 가지고 와서 보니 계약금을 넣어둔 다이어리가 없었습니다. 차에 놓고 왔나 해서 다시 가봐도 다이어리는 없었습니다. 아마 문짝에 꽂아뒀는데 물건을 내리며 다이어리가 떨어진 걸 모른 것 같다고 했습니다. 경비 아저씨에게 물어보니 못 봤다고 합니다. 아무 데서도 찾을 수 없었습니다.

남편은 돈도 잃어버렸지만 계약 사항이 적힌 서류도 다 잃어버려서 미안해 어쩔 줄 몰라 했습니다. 속이 부글부글 끓었습니다. 막 소리치고 싶었습니다. 그런데 남편이 너무 미안해하니까 내가 도로 미안해서 그래도 많은 돈이 아니고 계약금만 잃어버려서 다행이라고 위로해줬습니다.

남편과 나는 동갑인데 남편은 어른 같고 나는 철없는 아이 같다는 생각을 많이 하고 살았습니다. 남편은 무엇을 해도 돈을 벌어왔습니다. 우리는 스물아홉에 시댁에서 나와 살림을 시작해 서른아홉까지는 돈을 벌어 집도 사고 땅도 샀습니다. 남편은 집도 땅도 다 내 앞으로 등기해줬습니다. 나름 능력 있다고 자부심을 갖던 남편이 무능력자가 돼버렸습니다. 그래도 회사가 월요일만 출근하고 매일 출근 안 해도 물건만 팔면 되기 때문에 남편은 학교를 다니는 틈틈이 내가 강습 있을 때마다 운전을 해줬습니다.

사람이 살면서 죽을 거 같아도 죽으라는 법은 없는 것 같습니다. 하루는 답답한 마음으로 전에 다니던 미국 제품을 파는 대리점에 들렀습니다. 점장님이 "전 강사 잘 왔다"고 무척 반겨줬습니다. 대리점을 접기로 했답니다. 냄비가 열두 세트 남았는데 대리점가로 현찰 주고 가져가라고 했습니다. 물건은 욕심나지만 현찰도 없을뿐더러 갑자기 어디에다 팔 자신이 없었습니다. 남편한테 전화해서 사정을 이야기했습니다. 남편이 무조건 다 맡아놓으면 자기가 가지러 오겠다고 했습니다. "글쎄, 하면 좋기는 한데 돈도 없고 자신이 없는데…" 했더니 자기가 책임지고 팔아보겠다고 했습니다. 이웃에 사는 허 집사에게 전화해 얘기했더니 선뜻 돈을 빌려줬습니다.

승용차 트렁크에 냄비 세트를 싣고 뒷좌석에도 싣고 운전석 옆에도 실었습니다. 남편은 물건을 차에서 내리지도 않고 강습도 하지 않고 여기저기 자기 거래처에 전화해서 아홉 세트를 현찰로 팔았습니다. 남은 세 세트는 강습해서 팔아 회사에 선금 받은 것을 갚았습니다. 남편은 그길로 회사를 그만뒀습니다.

밥을
전부 사먹는 집에
냄비 파는 방법

요리 안 하는 집에도,
우울증 앓는 집에도
각각의 처방으로
냄비를 팔다

옆집 아줌마 조카딸이 서울 목동아파트 14단지에 사는데 조카
사위는 중장비 회사를 운영하는 사장이라고 했습니다. 옆집 아
줌마는 조카딸을 소개해줄 테니 목동에 가서 요리 강습을 해보
라고 했습니다. 조카딸은 세 살 먹은 딸을 데리고 살림하는 주
부인데, 무슨 요리 강습이냐며 시큰둥한 표정을 했지만 그래도
이모 부탁이니 이웃집 아줌마들을 불러 모아줬습니다.

거기서 서른일곱에 시집가 소식을 모르던 첨단이 엄마를
만났습니다. 첨단이 엄마는 신데라빵 장사를 하다가 나에게 넘기고 갔던 사람입니다. 늦은 나이에 결혼하자마자 아들을 낳아 네 살이 됐답니다. 아들 이름은 첨단이랍니다. 티미(희미)하지 않고 무언가 최첨단을 달리며 살았으면 해서 최첨단이라 지었답니다.

내가 가져간 냄비가 첨단 제품이라고 "아줌마, 어떻게 이렇게 기발한 직업을 가지게 됐어요!" 하며 좋아했습니다. 강습이 끝나자 첨단이 엄마는 풀세트로 샀습니다. 자기가 앞으로 많이 소개해주겠다고 하고 갔습니다.

옆집 아줌마 조카딸은 아무것도 사지 않았습니다. 자기는 결혼할 적에 밥 안 해먹기로 계약서를 쓰고 결혼했다고 합니다. 그래서 여태껏 밥하지 않고 사먹으며 산다고 합니다. 옆집 아줌마는 자기가 저녁밥을 해줄 테니 집에서 먹자고 했습니다. 조리 도구는 내 실습기를 쓰고, 조카딸네 부엌에서 음식을 하기로 했습니다. 옆집 아줌마는 자기가 시장도 봐주겠다며 먹고 싶은 걸 말하라고 했습니다. 조카딸은 갈비도 먹고 싶고 된장국도 먹고 싶고 꽁치조림도 먹고 싶답니다. 5리터 압력솥에 갈비를 안치고 3리터 압력솥에 밥을 안쳤습니다. 작은 냄비에 된장국도 끓이고 중간 냄비에는 꽁치조림도 하고 호박볶음과 골뱅이무침도 했습니다.

둘이서 하니 금세 뚝딱 만들어 한 상 차렸습니다. 모두 며칠 굵은 사람처럼 맛있다 맛있다 하며 허겁지겁 먹습니다. 세 살 딸은 말도 없이 갈비도 뜯고 입이 벌겋도록 골뱅이무침도 잘 먹습니다. 조카딸은 자기 딸이 하도 잘 먹으니 어이가 없어 들여다봅니다. 숫제 사먹으면 인간 꼴이 안 된다고 지금부터 집에서 밥을 해먹으라고 권했습니다. 옆집 아줌마는 돈도 절약되고 얼마나 좋으냐고 거들었습니다. 조카딸은 그렇게 시큰둥하던 마음이 달라졌습니다. 아줌마가 가지고 있는 모든 제품을 다 팔고, 자주 와서 개인적으로 요리를 가르쳐달라고 했습니다. 주부가 김치를 사먹는다고 하면 욕먹던 시절의 이야기입니다.

첨단이네 집에 요리 강습을 여러 번 갔습니다. 첨단이 엄마는 날만 밝으면 현관문을 활짝 열어놓고 살았습니다. 첨단이 또래 친구고 친구 엄마고 마음 놓고 드나들었습니다. 늦게 난 아들이 이기주의자가 될까봐 많은 사람과 어울리며 나눔을 가졌습니다. 집안에서 항렬이 높아 서울대학교에 다니는 손주딸도 있습니다. 아들을 서울대학교에 보내고 싶어 본을 보라고 손주딸도 자기 집에 데려다 숙식을 제공했습니다.

첨단이네 이웃에는 연예인이 많이 살았습니다. 유명한 코미디언도 있고 유명 탤런트도 여러 명 있었습니다. 아들을 데리고 놀이터에 나가 신발 벗겨 맨발로 마음껏 뛰어놀라고 합니다. 처음에 탤런트네 예쁜 딸은 예쁜 옷을 입혀서 불고 털고 다녔답니다. "그렇게 키우면 시집가서 시집살이는 하고 살겠나." 신발 벗겨 모래밭에 그냥 집어넣으라고 합니다. 남자아이들은 저렇게 불고 털고 키우면 군대는 어떻게 가겠냐며 신발 벗겨 모래밭에서 마음껏 뛰어놀게 하라고 합니다. 동네 아이들이 다 놀이터에 모여 구덩이도 파고 두꺼비집도 짓고 유쾌하게 놉니다.

첨단이 엄마는 놀던 아이들을 자기네 집으로 다 몰고 들어가서 음식도 뚝딱 잘 만들어 먹입니다. 그러면서 "우리 강원도 아줌마가 파는 냄비인데, 요술 같다"고 미리 선전을 많이 해놓았습니다. 그 덕에 목동 요리 강습은 순조로웠습니다. 첨단이네 쓰는 것 보니 좋더라고 너도나도 샀습니다. 별로 힘 안 들이고 많이 팔았습니다.

첨단이 엄마는 별이 엄마 걱정을 많이 했습니다. 별이 엄마, 아빠는 부잣집 외동아들과 외동딸인데, 둘 다 좋은 대학을 나온 엘리트 가정이랍니다. 별이네는 아주 잘사는데 별이 엄마가 우울증이 심하다고 했습니다. 외동딸과 외동아들이다 보니 양가 부모가 경쟁적으로 살림을 바꿔놓는답니다. 별이네 집에서 언제 요리 강습을 한번 하자고 할 테니 아줌마가 별이 엄마를 만나 어떻게 좀 해보라고 했습니다. 이웃과 교류가 없는데, 첨단이하고 별이가 친구라서 자기랑만 가끔 만나 이야기한답니다. 요리 강습이야 하겠지만 내가 의사도 아니고 무슨 재주로 우울증을 고치겠나 했습니다. 첨단이 엄마는 별이 엄마한테 "별이네 집이 넓으니 요리 강습을 해줘" 특별히 부탁해서, 별이 엄마가 큰맘 먹고 요리 강습을 열게 해줬습니다.

별이네 세 식구는 60평 아파트에 살았습니다. 아파트 거실은 아무것도 없이 횅하니 넓었습니다. 거실에서 별이가 마음 놓고 공을 차고 놀았습니다. 주방 장식장에는 각종 냄비 세트가 딱지도 떼지 않은 채 진열돼 있었습니다. 별이 엄마, 첨단이 엄마, 나, 이렇게 셋이 요리 강습을 했습니다. 마침 실로매틱이라는 미국 제품을 팔 때여서 자기네 집에 없는 냄비라고 샀습니다. 다음 주 화요일에 와서 다시 한번 요리를 가르쳐달랍니다.

당시에 나는 강습이 있는 날만 회사 차를 쓰고 다른 개인 업무는 먼 거리도 버스를 타고 찾아다녔습니다. 매섭게 추운 날, 변변찮게 옷을 걸치고 눈물을 찔끔찔끔 흘리며 고생고생 찾아갔습니다. 별이네 거실엔 아주 멋진 가죽 소파가 떡하니 있었습니다. 친정엄마가 장롱을 해주니까 시어머니가 소파를 들여놓았답니다. 거실에는 아무것도 없이 아이가 마음껏 뛰어놀게 해주려 했는데, 상의도 없이 마음대로 가구를 들여놓으니 별이 엄마는 너무 속상해 기가 넘어갈 듯이 보였습니다. "아줌마, 나는 살고 싶지도 않다"며 나를 붙들고 서럽게 서럽게 울었습니다.

추운 날 이렇게 일해야만 살 수 있는 내 처지에 비하면 별이 엄마는 호강에 겨운 것처럼 느껴졌습니다. 어떻든 사람은 자기 입장이란 게 있으니까 이야기를 들어줬습니다. 한참을 울다 그친 뒤 별이 엄마는 어떻게 살았으면 좋겠냐고 물었습니다. 자기네는 남편 월급만 가지고도 충분히 살 수 있답니다. 양가 부모의 간섭을 받지 않고 사는 게 꿈이라고 했습니다. 그렇다면 별이 아빠와 상의해 별이 엄마, 아빠가 하고 싶은 대로 과감하게 살아보라고 했습니다. 사람이 살고 봐야 하니 체면, 예의 이런 것 다 접어두고 살길을 찾아 별이 잘 키우며 살아보라고 권했습니다.

몇 달 뒤 별이 엄마한테서 전화가 왔습니다. 목동 집을 전세로 주고 경기도 광명 신도시로 이사 갔답니다. 남편과 자기가 우리 맘대로 살겠다고 간섭하지 말아달라고 양가 부모에게 부탁하고 떠났답니다. "아줌마, 이제는 우울증약도 끊었어요." 별이 엄마는 밝은 목소리로 언제 한번 요리 강습을 오시라고 했습니다.

눈물이
뚝뚝 떨어져도
가장이기에

물러설 곳 없기에
감당해야 했던 집안 경제,
좋은 사람들 덕분에
헤쳐오다

경기도 용인 수지에 사는 정 권사님이 경기도 남양주 마석에 있는 친구 김 장로님 내외를 초대해 나에게 소개해준다고 오라 합니다. 정 권사님은 일부러 휘슬러 냄비에 많은 음식을 장만해 한 상 가득 차렸습니다. 정 권사님과 남편 장로님은 무슨 친척 어른같이 나를 걱정해주셨습니다. 잘 먹고 다니느냐, 남편 뒷바라지하느라 얼마나 힘드냐고 걱정하셨습니다.

점심을 먹으면서 친구한테 입에 침이 마르도록 냄비 자랑을 하셨습니다. 전 강사한테 샀는데 남편이 신학생이라고 하니,

김 장로님네도 장한 일을 한다고 칭찬을 아끼지 않으셨습니다.

그렇게 소개받고 마석 김 장로님네로 요리 강습을 갔습니다. 마석도 수지처럼 한센병 환자 정착촌이었기에 많은 기대를 가지고 갔습니다. 주최 쪽인 김 장로님네 외에는 별로 반응이 없었습니다. 김 장로님네도 많이 팔릴 줄 알았는데 사람들이 왜 관심이 없는지 모르겠다고 아쉬워합니다. 김 장로님네는 강습이 끝나고 게장도 꺼내고 아껴뒀던 굴비를 구워서 점심 한 상을 차려줬습니다. 김 장로님네는 여기서는 안 되겠고, 인천 만수동도 우리 같은 마을이라고, 친구 장로님네 주소를 주면서 찾아가보라고 했습니다.

바이오 김치 통 여섯 개짜리 세트를 들고 물어물어 찾아갔습니다. 주소를 들고 찾아가는 일이 쉽지 않았습니다. 김 장로님네 소개로 왔다고 이야기하면서 김치 통 세트를 써보시라고 드렸습니다. 무척 반가워하며 다시 연락을 주겠다고 하셨습니다.

연락이 없어 전화하니 조금 더 있어보랍니다. 처음 찾아간 게 한여름이었는데, 가을이 가고 겨울이 가고 봄이 오는데도 강습하겠다는 연락이 없습니다. 만수동까지 또 찾아갔습니다. 친구 장로님네는 태도가 아주 달라졌습니다. 얘기해봤는데 사람들이 너무 비싸다고 아무도 안 산다고 한답니다. "사람들 모아서 장소만 한번 제공해주시면 팔고 못 팔고는 제가 책임지겠습니다"라고 말했습니다. "글쎄, 여기서는 안 된다는데~ 되지도 않을 일을 왜 해요. 우리는 못해요"라고 짜증을 냈습니다. "그래도 강습해주신다고 해서 김치 통 세트를 드렸는데요" 하니, 반찬이 든 통을 비우면서 누가 선물을 달라 했느냐고 도로 가져가라고 합니다.

너무 실망스러웠습니다. 김치 통은 많이 써서 김치 물이 들었고, 험하게 써서 한쪽이 깨진 것도 있었습니다. 너무 경우 없이 행동하는 그분들을 보면서 할 말을 잃었습니다. 눈물이 뚝뚝 떨어져 말도 못하고 그냥 돌아서 나왔습니다.

웬만하면 일을 그만뒀을 것입니다. 그러나 나는 한 발짝도 물러설 수 없는 형편이었습니다. 남편이 사업을 접고 신학대학을 다니면서, 별 재주도 없는 내가 집안을 책임져야 했습니다. 막상 모든 경제를 내가 담당해야 하니 밤이면 전혀 잠이 오지 않았습니다. 집안에 대학생이 셋이니 눈 뜨면 돈 쓸 일이 왜 그리도 많은지, 남의 돈이고 내 돈이고 손에만 들어오면 안 쓸 수가 없었습니다. 일할 때 현찰이 생기면 그때그때 썼습니다. 월말이 가까워지면 마감을 어떻게 하나 잠이 잘 오지 않았습니다. 어떻게 어떻게 들어오는 돈을 그러모아서 막았습니다.

그날도 고민 고민하면서 강원도 춘천 기훈이네로 강습을

갔습니다. 춘천 기훈이 엄마는 영월에 살 때 뜨개방을 하면서 이웃으로 같이 살았습니다. 기훈이와 우리 아들이 같은 반이어서 서로 네니 내니 하면서 말을 놓고 친하게 지내는 사이였습니다.

어느 날 알고 보니 기훈이 엄마는 큰오빠 친구 부인이었습니다. 모르고 결례를 범했다고 많이 미안해하면서 기훈이 엄마가 만류하는데도 존댓말을 썼습니다. 기훈이 아빠가 춘천으로 발령이 나서 기훈이네가 이사를 했습니다. 춘천으로 가서도 여전히 뜨개방을 하고 살았습니다. 아파트 상가 뜨개방에서 날마다 많은 사람이 모여 앉아 뜨개질을 합니다. 기훈이 엄마는 많은 사람이 물어보고 또 물어보고 해도 짜증 한 번 내지 않고 가르쳐줍니다.

뜨개방에 오는 사람마다 편하게 때가 되면 같이 밥을 먹습니다. 어떤 사람들은 도시락을 준비하거나 별식을 해옵니다. 사람이 좋다 보니 이 사람 저 사람 많은 물건을 팔아달라 부탁해서 뜨개방 안이 무슨 잡화상 같습니다. 물건 판 돈은 고춧값, 양말값, 참깨값, 단추값이라고 쓰인 작은 상자에 넣어둡니다.

파는 것 중 단추는 내 회사 동료인 한 강사님이 아는 사람이 단추 공장을 하다가 그만뒀는데, 재고를 얻어다 뜨개방에 맡긴 겁니다. 거저 얻은 것이니 싸게 팔아서 전 강사가 오면 돈을 주라고 했답니다. 기훈이 엄마는 긍정적이어서 만나면 힘이 나는 사람입니다. 나는 일이 잘 안 풀리고 어려울 때 기훈이네 집으로 강습을 갔습니다. 갈 때마다 기훈이 엄마는 생각지도 않은 꽤 많은 돈을 단추 판 돈이라며 여러 번 건네줬습니다.

하루는 잠을 못 자고 근심이 태산 같은 날 기훈이네로 강습을 갔습니다. 열심히 강습했습니다. 강습이 끝나고 주문을 받아야 하는 순간입니다. 갑자기 눈앞이 깜깜해지면서 잘 보이질 않습니다. 큰일이 난 것 같습니다. 나는 화장실 가는 척하면서 밖으로 나왔습니다. 벽을 짚으면서 더듬더듬 약방을 찾아갔습니다. 갑자기 눈이 잘 안 보인다고 물청심을 달라고 했습니다. 알약도 받아먹고 한참 앉아 있으니 눈이 밝아졌습니다.

기훈이 엄마는 내가 나가자 재빠르게 커피도 타고 빵과 과자를 내놓았습니다. 냉동실에 있던 떡도 쪄서 내놓았습니다. 이것저것 먹느라고 다들 즐겁습니다. 내가 들어왔을 때 아무도 어디 갔다 왔느냐고 묻지 않았습니다. 나는 눈이 안 보였던 사실을 들키지 않고 자연스럽게 많은 주문을 받을 수 있었습니다.

세일즈 우먼의 기쁨과 슬픔

ⓒ 전순예 2023

1판 1쇄 발행 2023년 5월 8일

지은이 전순예
펴낸이 김송은

책임편집 김윤정
일러스트 구둘래
디자인 송윤형

펴낸곳 송송책방
출판등록 2011년 5월 23일 제2018-000243호
주소 (06317) 서울시 강남구 언주로 110, 경남2차상가 203호
전화 070-4204-7572
팩스 02-6935-1910
전자우편 songsongbooks@gmail.com

ISBN 979-11-90569-55-2 03810